D+

dear+ novel

Iroakusakkato kouseisyano wakarebanashi ・・・・・・・・・・・・・・・・・・・・・

色悪作家と校正者の別れ話

菅野 彰

新書館ディアプラス文庫

色悪作家と校正者の別れ話

contents

illustration：麻々原絵里依

色悪作家と校正者の別れ話

いろあくさっかと
こうせいしゃの
わかればなし

「魚は、水に飽かず」

五月といえば初鰹《はつがつお》が真っ盛りの新月の晩、西荻窪《にしおぎくぼ》居酒屋鳥八《とりはち》のカウンターで歴史校正者塔野《とうの》正祐《まさすけ》が鰹を前に呟くのに、恋人で作家の東堂大吾《とうどうだいご》は危うく酒を噴き掛けた。

「どうなさいました？」

誤嚥《ごえん》ですかと、正祐は大吾を僅《わず》かに振り返った。

新玉葱と一緒に醬油と酢で漬けられた鰹が七色に光って見せるのに向かって、「魚は、水に飽かず」という言葉が出てくるとなると、大吾としては情人に浮世というものをゼロから教えなくてはならないと気持ちが追い詰められる。

「……鰹に言ったのか。長明《ちょうめい》の言葉を」

「ええ。水に飽きたのでしょうかと、ふと思いまして」

真顔で正祐に返されて、大吾は頭を抱えて「おやじ、天明純米《てんめい》」と酒を追加した。

「はいよ。そろそろ終わりのフキを炊いたよ」

この鳥八の主人である老翁《ろうおう》の百田《ももた》が、老いた手で小さな小鉢を二人の前に置いてくれた。

「翡翠《ひすい》色ですね、美しいです」

「心はもうフキか……『方丈記《ほうじょうき》』から」

「いいえ。今も、『三界《さんがい》は、心、一つなり』、です」

大女優である母親に造作だけそっくりだが生気のない顔で物憂《ものう》げにため息をついて、正祐がまた鰹を眺める。

「別に鰹は水に飽きたんでここにいるんじゃない。北上しているところを捕らえられて市場で競《せ》りに出されて、おやじに切り身にされて致し方なくここに在《あ》るんだ。有難くお命頂戴《ちょうだい》しろ」

「そうそう。何もこの店のカウンターに来たくて来たわけじゃない」

大吾の言いように笑って、百田が二人の間に天明純米の徳利《とっくり》を置いた。

遠慮のない大吾が思い切り箸を使うので、動きの小さい正祐がいつでもカウンターの右端に座っている。

男振りのいい色悪《いろあく》と称される風貌の大吾は既に白いシャツ一枚でいたが、正祐は相変わらず濃鼠《こいねず》色のスーツをきちんと纏っていた。

「私はあの章がとても好きなんです。『方丈記』の中でも、『それ、三界は、ただ、心一つなり』。よくわかりましたね、魚の一言で」

相変わらず説明しなくてもいいところが情人の最も大きな長所だと、正祐が感心する。

「おまえが一番落ち着くのは方丈記の世界だと言っていたから、隈《くま》なく読み返してみた」

苦い顔で鰹を豪快に喰らった大吾に、正祐はすっと身を引いた。

「何かお気に召しませんか」

「一応言葉を控えたのに、よくも一人前に俺の心を読んだもんだな」

長くはない「方丈記」を最近隅から隅まで突《つ》き回すように読んだ大吾は、「一応」とつけた通り、情人が一番落ち着く世界観だという書を罵《ののし》ることをなんとか我慢してやっていた。

「坊さんの負け惜しみじゃないか」

だが結局言わずに済むような大吾ではなく、率直な感想があっという間に口から出てしまう。

「随分なおっしゃりようですね。あなたも負け惜しみは割とよく口になさいますよ」

「俺はそれを書に反映させたりはしないぞ！」

「『方丈記』は小説でもありませんし、最近では随筆なのかどうかも議論されていますが……」

問題はそこではないのは正祐もわかっていて、その上今自分がその一節を口にしたのには、若干大吾に近い気持ちがあった。

「安元《あんげん》の大火、治承《じしょう》の辻風、福原遷都《ふくはらせんと》、養和《ようわ》の飢饉《ききん》、元暦《げんりゃく》の大地震と書き並べて災害文学とも言われているが。自分が方丈、狭い庵《いおり》で生涯を終えることになったから『家など在っても意味などない』と災害を並べて負け惜しみを言っているだけだ」

「相続争いに敗れ、和歌の世界でも身が立たず……終《つい》の棲家《すみか》をよしと思わなければそれはやっていけなかっただろうから、「魚は、水に飽かず。鳥は、林を願う」と魚や鳥にさえ喩《たと》えて鴨長明《かものちょうめい》は自分の庵への充足を綴《つづ》ったのだろう。

「なんだ。おまえもよかった探しの隠居随筆だと思っているのか」

文章や時代感が心地がいいという話で、内容に対する賛辞ではないなら理解できると大吾が頷く。

「よかった探しではありますが……私は『方丈記』に綴られている方丈を、自分の終の棲家にすることが夢でした」

「は？」

この三月の春彼岸《はるひがん》で出会って三年目に入り、情人としての時間も積み重ねて正祐の浮世離れも多少はましになった可能性もあると、特に一片の根拠もないのに大吾は希望的観測を持っていた。

根拠のない成功の展望を持つことは得手とするところなので、三メートル四方の庵で死にたかったと言われては恋人として深い絶望に襲われる。

「長明はもうそこに引き籠もるしかなかったんだぞ。都にいても高価なものを持っても意味がない意味がないと繰り返すのは、庵にいるしかなかったからだ」

「それは理解しております。長明はいるしかなかったにしても、私はいたかったんです。方丈の閑居《かんきょ》でただただ本を読んで暮らすのが、幼い頃からの至上の夢でした。誰にも、何者にも邪魔されることなく本とだけ向き合って」

浮世離れが多少ましになったなどと何故そんな夢を見たのかと眩暈《めまい》を覚える大吾は、正祐が過去形で話していることに気づけていなかった。

「私はこの上《のぼ》り鰹と同じです」

「確かに初物……いてっ」

漬けられて光っている鰹を指した自分を、「初鰹」とかけて「初物だった」と言いかけた大吾の足を、右隣から正祐が強《した た》かに踏む。

「おまえ……」

「大変失礼いたしました。暴力を行使するとは、お恥ずかしい限りです。鰹と同じという話を、『方丈記』の流れから脱線されまさか駄洒落《だじゃれ》を乗せられるとは思いもよらず」

反射で、言葉ではなく暴力に出てしまうなどと今までの自分からするととても信じられないことで、反省とともに正祐は困惑した。

責任転嫁だが、ずっとともにいる隣の男が自分を変えてしまっていると、足を踏んだ上に心でも当たる。

「本当に駄洒落に厳しいな。おまえ、俺の足を踏んだのなんか初めてだぞ。そんなにたいした駄洒落でもないだろうが！」

以前夏目漱石《なつめそうせき》を巡って喧々囂々《けんけんごうごう》とやり取りしたとき思わず人生初の駄洒落を言った際に、「駄洒落を言うならお別れします！」と突然正祐から離別を告げられたのは密《ひそ》かに大吾の心の傷になっていた。

「私が言いたいのは、水に飽きたわけではないのに宴席にいるような気持ちだということです。

鰹が宴席を望んでいなかったとおっしゃるのなら、私もまた鰹のようなものです」

「さっきからずっと鰹の気持ちなのか。おまえは」

「まだ出版前にこのようなことを申し上げるのは公私の別がなく大変申し訳ないことですが、先日脱稿なさった新作。とても素晴らしい物語でした」

鰹の話をしていた筈の正祐は、ほとんど無意識に再来月発行予定の大吾の新作の感想を述べてしまった。

たとえそれが隣の情人の書であったとしても、こうして発行前の仕事に関わることについて語ってしまうのも、過去の正祐にはまず大きな躊躇《ためら》いがあったことだ。

「なんなんだよ、いきなり」

その長編を大吾は、二週間前に脱稿したところだった。老舗《しにせ》で馴染みの犀星社《さいせいしゃ》発刊なので、犀星社と密に仕事をしている歴史校正会社庚申社《こうしんしゃ》に渡った。

そして社員である正祐のデスクに置かれて、東堂大吾担当の歴史校正者として正祐はそれを読み終えたのだ。

「私は今、何処《どこ》にいるのでしょうか」

心ここにあらずというよりはただ鰹を見つめて、正祐が呟く。

「鰹のようにか？　鰹は本当は海にいたかっただろうよ」

「鰹は海しか知らなかったでしょうし」

海しか知らなければそれは水に飽くことはないだろうと、正祐は「方丈記」と鳥八のカウンターを行き来していた。

「私は東堂先生のことは文字でしか知りませんでした」

「いつの話だ」

最早大吾の方は、方丈記、鰹、自分の新刊の話と来て、更には東堂先生と呼ばれ、浮世にいない情人についていくことを諦めていた。

「一昨年の春彼岸《はるひがん》の前までの話です。そんなに昔のことではありません」

「言われるとそうだな。そんなに昔のことでもないのに」

三年目に入るなと三月にここでいつものように酒を酌み交わしたが、三年目と思うとそれは長いようにも短いようにも二人ともに感じられる。

「ずっとこうしているようだ。おまえが隣に当たり前にいて、方丈記の話をしたり、鰹の話をしたり」

「……あなたの書について、語ったり」

時には激しく対論を交わしながらも二人がいつでも楽しんでいる時を、どうしてか正祐はずっと雲がかかったような気持ちで思っていた。

「近頃のあなたの小説は、おもしろ過ぎて困ります」

「なんなんだよ。本当に」

褒められているのに困るとはどういうことだと、戯言《ざれごと》と思って大吾が苦笑する。

「三月に出た『寺子屋あやまり役宗方清庵《むなかたせいあん》』の二十一巻も」

出会った日は十五巻の発売日だったのにと思うとやはり時の流れを感じる巻数を、正祐は口にした。

「巻数を重ねていくと、普通物語はパターン化するものですが」

「まあ、時代小説は特にそれを求められる節があるからな。基本は勧善懲悪《かんぜんちょうあく》の世界だ」

自著についてこんな風に慎ましく正祐が語り重ねることは本当のところ珍しく、ついていけないながらも大吾もどう反応したらいいのか少々戸惑う。

「そういう意味では、宗方清庵の最新刊はとても新鮮でした。時が、きちんと動いて人々と場が変化していました」

「当たり前だろう。それは」

謙遜《けんそん》のつもりでも捻《ひね》くれたつもりでもなく、思ったまま大吾は答えた。

「そうかもしれませんが……」

「人が人といて、自分ではない者と日々を向き合って暮らして。互いが何かは変わる。変化は致し方なく、新しいことになる」

ものの道理だと、猪口《ちょこ》に大吾が天明を注ぐ。

「おまえさんと俺もそうだろう。一昨年の春彼岸の前とは、おまえも俺も違ってるだろう？」

喧嘩も山ほどしたし、大事な話もしたし、過去も打ち明け合って今を積んだはずだと、何気ないことのように大吾は正祐に言った。

自分にも大吾が天明を注いでくれるのに、正祐が情人の強いまなざしをじっと見る。

いつでも強い、まるで隈取《くまどり》されているようだと思い込んでいたのに、大吾が今言った通り最近では自分を見る目がほんの少しだけやわらかいと突然気づいた。

「ええ」

大吾と向き合って日々を過ごしてきっと自分もまた何かしら変わったのだろうと、その中でも最も大きな変化のことが、正祐は実のところとても気に掛かっていた。

それがこの心に掛かる雲だ。

「それはもう、戻れない鰹のように」

やさしくなったり怖くなったりするのは構わない。

そんなことより正祐には、今名状しがたい己の変化をどう捉えたらいいのか、海に戻れない鰹のように盛大な惑《まど》いの中にいた。

「切り身だからな」

どうも今日の情人は本当に方丈の庵か何かにいて戻る気配が全くないが、たいしたことではないだろうと高《たか》を括《くく》って大吾が鰹を口に入れる。

そうして大吾が高を括ってしまったのは、正祐に暗澹《あんたん》とした様子が見られないからだった。

「その上あなたの身になりましたね。それはもう海に戻れるわけがありません」

「おまえ一体どうした」

笑った大吾の顔がやさしく見えて、正祐が宗方清庵のことを思う。

「寺子屋あやまり役宗方清庵」は作家東堂大吾の一番の大ヒット作で、二十一巻と巻数を重ねてもなお売れ行きは激しい右肩上がりだ。

大吾は嫌だと言っていたが、どうしても正祐は「宗方清庵」に作者である大吾自身の影を見ることが増えていた。

清庵は成長し、青年から今、多くの人を護る大人の男になろうとしている。

ごく普通に作家東堂大吾は脂《あぶら》がのっていて、ごく当たり前に「宗方清庵」シリーズはどんどんおもしろくなっているというだけの話だ。

書店で本を手に取ってそれを読むだけの身であるのなら、正祐もそう言って終わることができる。

「魚は水しか知らなかったし、鳥は林しか知らなかったのです……」

天明を口に含んで、正祐の横顔が更に憂い帯びて陰った。

「まあ、鱚《きす》の天ぷらでも食べて」

現世に取り残された大吾をそれとなく気遣って、百田がカウンターに揚げたての鱚を置く。

「これはうまそうだ」

「開かれて揚げられて」

湯気の立つ鱚にため息をついて、正祐はぼんやりと箸を伸ばした。

「水に帰れるわけもありませんね……だってとてもおいしいです」

さすがに本当にどうしたのだと大吾が、天ぷらを食《は》んでいる正祐の横顔を見つめる。

「おいしいなら何より」

いつも穏やかな百田は穏やかではあったが、小さく「くわばらくわばら」と笑顔のまま呟いていた。

「鱚は砂の多い浅瀬に生息するものですが」

また冒頭の「魚は、水に飽かず」に正祐が戻る。

「衣までついては、海の記憶もないでしょうね。けれど海の味はちゃんとします」

大吾の分を残してやらずに、正祐は浅瀬の海を思いながら揚げたての鱚を食べ尽くした。


初夏と言われる五月は何処《どこ》にあってもいい季節で、歴史校正会社庚申社《こうしんしゃ》の二階からは、西荻《にしおぎ》窪松庵《くぼしょうあん》の家々の緑がよく映《は》えた。

手元の原稿を惜しむように隈《くま》なく校正して、最後の頁からまた頭に戻りそうになってなんとか正祐《まさすけ》が手を止める。

「そんなにおもしろかったか。東堂《とうどう》先生の新作」

いつもよりその原稿に正祐が時間を掛けていることを若干だが咎《とが》めて、隣の席の同僚校正者、篠田和志《しのだかずし》が苦笑を漏らした。

「……そんな。仕事の原稿に対して感想を言葉にするなど」

「この部屋の中では堅苦しいことは抜きでいいって。隣にいたら否応なく気配でわかる。淡々と校正しているのかどうか」

「こっそり再読しているのがわかりますか」

バツが悪そうに言った正祐に、「そこまではわからん」と篠田が嘘を吐いてくれる。

「校正個所も少なそうだな」

「そうなんです……」

「つまらなそうに言うなよ！」

相変わらず暗黒の校正者気質を隠さない正祐に、たとえ一万回目になろうとも篠田はそれを叱った。

「念弟《ねんてい》の心中立てが、少し気になりましたが。調べても考証違いと言えるほどのものではないかと」

「心中立てか。どっちかっていうと花魁《おいらん》や陰間《かげま》で出てくる表現だが」

心中立てとは、主に身を売る花魁や陰間が、一人の客への一途さを見せるために体の一部を傷つけるものだったが、衆道《しゅどう》の関係では強い義理立てで命がけの愛の証でもあった。

「時代的に、この作品の中ですと元禄《げんろく》を過ぎておりますので。遊びの要素が強い頃かと私は思いますが」

「作中だとそうではないと。まあ、そこは考証云々の問題じゃあないな。それぞれの情の深さは時代背景とは関係ない。その人のものだから」

何気なく篠田が、正祐が鉛筆を入れるべきか悩んでいた部分について明朗に語ってくれる。

「俺も東堂先生の時代小説は全部読んでるから。東堂先生が心中立てを扱ったなら、それは戦国時代だろうが江戸中期だろうが、遊びのことじゃないんだろう。その人の強い情なんじゃないのか？」

「篠田さんもそう思われますか」

東堂大吾作品であるならと俯瞰《ふかん》で言われて、安堵して正祐は鉛筆を置いた。

「質問をさせていただいてもいいですか？」

話している篠田が仕事の手を休めて伸びをしたと気づいて、窓の方に向いているデスクで正祐が椅子を僅かに直す。

「はいどうぞ」

五十本の眼鏡をコレクションしている篠田の今日のつるは、湊鼠《みなとねずみ》色だ。

「小説の中に入り込むということを、考えたことはありますか？　自分と本が一体になるような」

こんな風にまっすぐ正祐が何かを問うときは大抵仕事のことだったが、「小説」という話ならそう遠くもないと篠田はごく普通に聞いていた。

「もちろんあるよ。それは子どもの頃から何度も。望んだし、入り込んだと思い込んだこともあった」

子どもの頃から本の世界に耽溺《たんでき》した者にとってはよくある願望でよくある感覚だろうと、こともなく篠田が答える。

「望むということは、幸いなことだとお考えになりますか？」

「小説の中に入り込むことがか？　そのために読んでいるときもあるし、それは幸せだよ」

読書家としては普通の会話だと、篠田は現時点では思っていた。

「確かにそうなんですが……すみません、私の説明が足りていません」

質問の主旨が違ったと、正祐が言葉を探す。

「私はできれば、本と私は分けておきたいんです」

聴いている篠田は、正祐との会話に於《お》いて油断ということは努々《ゆめゆめ》してはならないと心得ていて、さて何が始まったのかと地蔵のような笑顔になった。

「まあ、基本は分かれているしな。本と人は」

「ええ、そうなんです。ところが最近私は、何処《どこ》から何処までが読書家である私の真実の感覚なのか、わからなくなることが増えてしまって」

「ああ、仕事のせいか？」

それは校正者には時折陥《おちい》りがちな感覚だと、デスクの上に広がっている原稿を篠田は見た。

「好きなことを仕事にしていると言えば聞こえはいいが、一番好きなものの裏側を見る仕事だからな。公私を見誤らないでいるのが難しいこともあったよ、俺も」

「篠田さんでさえもですか……だとしたら私など、分けることは不可能ですね」

校正者として尊敬する同僚が難しいというのなら、まだ駆け出し意識のある自分などましてやと、正祐が俯く。

「いや、最初の頃の話だ。とにかく考証の破綻《はたん》がないように必死だったし、事実誤認もだが一文字の誤字脱字もあってはならないと躍起になっていてな」

不可能とまで思い込まれると篠田も慌てて、今は違うと丁寧に説明してくれた。

「それは私は、ずっと変わらずです」

「もちろんそうして躍起になるのは、大切な俺たちの仕事だ。俺が最初なかなか分けられなかったのは、目の前の仕事である原稿と、私生活で触れる文字だよ」

新人の頃だがと、振り返って篠田が苦笑する。

「まさしくそのことを、伺いたかったのです……」

それですと言われて篠田は、何故《なぜ》この話が冒頭の「小説の中に入ることは幸いか」と繋がるのか理解できなかったが、隣の同僚の理解不能にはすっかり慣れてしまっていた。

「全く無関係の小説を読んでいても、校正者目線で考証の破綻を拾ってしまったりしたよ。新人の頃は」

そういう話なのかと、窺うように篠田が例を語る。

「それは私もいたします」

校正者としては当然のことだと、正祐は頷いた。

「いたさない方がいいぞ。破綻を見つめてしまってもどうにもならないし、物語に集中したかったんで俺は敢《あ》えてその感覚は全力で捨てる努力をした」

校正してしまうという話なら、やめた方がいいと篠田が提言する。

「捨てられるものですか？　是非その方法を教えてください」

他者が手掛けたものでも新刊を読むときに破綻が気になると校正者目線になることの多い正祐は、捨てられるものなら捨てたいと、縋るように篠田を見た。

だがそもそも正祐が篠田に質問をしたのは、実はもっと根深い悩みがあったからだった。

その悩みは根深いだけで、深いわけではない。正祐にだけ根深い悩みで、それ故上手く篠田にも説明できていない。

「うーん。そうだなあ」

だが、いずれにしろ篠田ならその「努力」の方法で、そもそもの根深い悩みもきっと解決してくれるに違いないと、正祐には同僚への強い信頼があった。

「これが意外とあれだ。なんとなく頑張ったみたいな話じゃないんだ」

「篠田さんがですか」

意外とと篠田本人が言ったように、正祐は尋ねながらも「なんとなくいつの間にかだよ」というような答えを何処かで期待していた。

「ああ。校正者になって一年目に、こんなに公私が分けられなかったら好きなことを仕事にしたことが地獄だと思って」

「その通りですね……地獄です」

「全力で、私生活と仕事を分けた。俺は仕事は絶対に自宅に持ち帰らないし」

聞かされて、正祐は自分はいつも原稿の入る鞄にその時の仕事を詰めているが、篠田は必ずデスクの書類ケースに入れて帰ると気づく。

計画的で理性的な篠田はだいたい期日に校正を終えるし、終わらなければここを出ない。

「仕事関係の人間とも、プライベートでは基本会わない。……おまえと呑みに行くのもたまにだろ?」

そう決めていると話したことがなかったので、篠田は敢えてやさしい言い方を選んだ。

「言われてみたら。鳥八《とりはち》をご紹介くださったのは篠田さんなのに、あまりお見えになりませんね」

「隣で仕事をすること早五年。お気づきいただけて有難い。そうなんだ。おまえが鳥八に通うようになったんで、俺は河岸《かし》を変えたんだよ……」

恩着せがましくなるので言わないようにしていたものの、西荻窪で鳥八を避けることとなったのは篠田にも痛い譲歩だったのでつい初めて教えてしまう。

「それは……なんということを、私は。申し訳ありません……！」

「そうだな……俺は百田《ももた》さんの天ぷらや刺身や焼き魚やおひたしの代わりに、最近ではホルモンをよく食べているよ」

そればかりは切ないと、篠田の笑いも乾いた。

「あの、そういうことでしたら」

「おまえがホルモン酒場にしてくれるか？」

大袈裟《おおげさ》にふざけた口調で、篠田が笑う。

「それは……もう……私も……一体……」

百田のカウンターを失うのは断腸《だんちょう》の思いだが、それを篠田が何年も譲ってくれたと思うと譲り返す時が来た筈だがしかし人は舌を変えられないものだ。

「いや、人の悪いことを言った。すまん。時々おまえのいないときに行っているよ。なんならもう、おまえと行ってもいいかもな」

苦笑して篠田が、己の人の悪さを責めた。

「どういうことですか？」

「俺はキャリアは長いから。そうやって何もかも分けて、普段呑むのも全く違う趣味の会の連中と決めてる。そこまで徹底的に意識して公私を分けた結果、ほとんど日常に仕事の感覚が入ってくることはなくなったよ」

「そうですか……私もその域に行きたいのですが」

どうすればとまた繰り返しそうになって、篠田がどれだけ全力で仕事と日常を分断したのか今聞いたばかりだと正祐がため息を吐く。

「やはり、強い意志で分けなければならないのですね」

なんとなくできるものでもないと言われたのだと、正祐のため息は深まった。

「だなあ。俺も全く仕事関連の集まりに行かないわけじゃないから、たまに顔出すと酷《ひど》いもんだよ」

「酷いとは」

「最近、これは仕事目的なんだが校正者や編集者で時々集まって呑んでて」

その話を篠田が正祐にしたのは初めてで、何か少し気まずそうにこめかみを掻いている。

「たまに無関係な雑談も入るかと思いきや、だ。この間、一人がハイボールが呑みたいと言い出したんだがメニューに見当たらなくてな。いやハイボールがない居酒屋なんかあるわけがないだろうと、わいのわいのとみんなで騒ぎ」

「ごく普通の雑談に聞こえますが」

「続きがある……」

きょとんとした正祐に、篠田にしては珍しい暗い表情が向けられた。

「テーブルの真横の壁に、デカデカと貼ってあったんだ。ハイボールと」

「ああ……ありますね、そういう。目の前にあったり大きなものほど見過ごすということが。何故だかままあります」

「そうだろう?」

ゾッとすると震えた正祐に、篠田も声を高くする。

「大きな題字に致命的な誤植を見逃したことは、俺も経験があってな」

「そうですか……」

怪談よりも恐ろしいと、まだそこまでの経験のない正祐が更に震え上がった。

「長くやってると、たまにある。あれは、見逃すというよりも、誤植が全力で逃れていくんだという話になった。何人もでチェックした挙げ句、新聞広告のタイトルが間違っていたり」

「ひ……」

「我も我もと、驚異的誤字脱字見逃しの百物語が始まって。更に一人が」

重なっていく誤字脱字怪談に正祐は「もう結構です」と言いたかったが、経験値として聞いておくべきだという校正者魂でなんとか息を吞む。

「その日欠席した一人が、歴史読本ムックで応神《おうじん》天皇となるべきところが神武《じんむ》天皇となっていたのを見落としたままコンビニ配本されて立ち上がれずにいると聞かされ……全員で暗く弔《とむら》いのハイボールを注文して」

「なんて……恐ろしい会合ですか……恐怖集会です！」

応神天皇とは第十五代天皇で、この時から実在したと認める説が一応ある天皇だ。一方神武天皇は初代天皇で、応神天皇と同じく「日本書紀」に登場するがほぼ神話の人物だと言われている。

「神しか、合ってないじゃないですか……」

「天皇が、合ってるな。中国の史書と絡めた記述だったんで、応神天皇でないわけがないという思い込みが目を滑らせたのだろうと、暗くハイボールを吞みながら想像し合ったよ」

「私なら心臓が止まります」

「多分いくらかは止まったんで、立ち上がれず吞み会に来られなかったんだろう。生きているといいが。……と、いうようにだな」

そんな怪談がしたかったのではないと、魔を祓《はら》うように篠田は目の前で大きく手を振った。

「出版業界の人間で吞むと、たとえ知らない同士でもハイボールの文字が見つからないという何気ないきっかけ一つでその有様だ。同業界の人間と一緒にいてはまず仕事から心を離すことは難しいという、例の話だよ」

覚悟と気合がないと、本を愛してこの仕事についたものが公私を切り分けることは難しいと、篠田が駄目押しで教えてくれる。

「何気なく、ご意見を伺ったつもりでした……」

そうするといつも篠田はさりげなく答えをくれたり、正祐一人で考え込んでいても横に出来ない縦のものをすっと横にしてくれたりするのだが、これぱかりはそんな簡単な話ではないと散々に思い知らされた。

「まあ、そのうち慣れることもあるだろう。俺はそこは極端に努力した部分で、敢えて怪談を好む出版業界の人間も多いことは多いからそれもありだ」

「いいえ。なしです」

むしろその怪談チームに入るしかないだろうと暗に篠田に勧められたと気づかずに、正祐がきっぱりと首を振る。

「分けたいんです、私は」

ここのところ正祐を悩ませている分断されない公私は、正祐にとってあまりにも大きなものだった。

頑《かたく》なな目をする正祐を、重い気持ちで篠田が見る。

「なんだか嫌な予感しかしないぞ……俺は」

この聡明にして賢明な男の予感は、こと隣の同僚に於いては残念ながら外れたことがなかった。


五月の末、大潮《おおしお》満月の下、正祐《まさすけ》は大吾《だいご》の家の居間にいた。

一際丁寧に校正して惜しみさえした大吾の新作原稿を犀星社《さいせいしゃ》に返すや否や、ベテラン作家の原稿が手元に来て小休止もない。

「こうまで見事な満月だと、風情《ふぜい》がないな」

祖父の遺言である良寛《りょうかん》の言葉が掛けられた床の間に向いて、いつものように紫檀《したん》の座卓で本を捲《めく》っていた大吾が、縁側近くで月を見上げている正祐に言った。

「私も今、同じことを考えていました」

あまりにも満ちて雲も掛からず丸く夜を照らす月は、満たされるということには先がないと語るように明るい。

「へえ。それで熱心に見ていたのか、月を」

丁度「山月記《さんげつき》」を読み終えて、大吾は本を閉じた。

「残月はまるで違う風情でしょうに、『山月記』ですか」

「自省だな。自戒を込めてか、時々読む」

「そうでしょうね」

真顔で言った正祐に、大吾がそれこそ虎のように隈取《くまどり》を引き上げる。

「隴西《ろうさい》の李徴《りちょう》は博学才穎《さいえい》」で始まる中島敦《なかじまあつし》の「山月記」は、詩の才能に長《た》けた李徴がしかし人と交わらず、「臆病な自尊心を飼いふとらせ」た結果、人ではなく虎になってしまったという短編だ。

「大丈夫です。あなたは小説家としての才能に激しく恵まれて常に最新作が最高におもしろいという作家ですから、今は虎にはなりません。たとえどんなに自尊心を飼い太らせたとしても」

「褒めているのかもしれないが、きっちり倍罵《ののし》っていると聞こえるぞ」

「虎になってもなお、自分の詩を書き残せと親友に告げます。大丈夫です」

しかし虎になっては小説の長さは難しいだろうかと、正祐がそれを案じる。

「何が大丈夫なんだ」

「けれど小説はどうでしょうか……大丈夫でしょうか」

風情のない満月を、憤る大吾に構わず正祐は見上げた。

「おまえ、ここのところどうした」

暗いというよりはやはりぼんやりしている正祐に、甲斐がない気がしながらも大吾が問い掛ける。

「私はあの満月のような気持ちです。今」

「この先は欠けるばかりだと思うのか」

普通は理解されるまいと思える喩《たと》えに、すぐに大吾が答えてくれるのが正祐を更にぼんやりとさせた。

「ええ」

「理由をちゃんと聞かせろ」

そもそも気が長いわけではない大吾は段々と苛々してきて、その霞《かすみ》掛かっている理由を話せと迫った。

「あなたの小説が、三月刊行の宗方清庵《むなかたせいあん》も七月に発行される新刊も素晴らしくおもしろく……」

「俺が欠けて虎になるのか」

「どうしてあなたは『山月記』の中なんですか。あなたの話ではありません。欠けるのは私です」

意味がわからんと音《ね》を上げて座卓の前から立ち上がり、大吾が正祐の隣に腰を下ろす。

「方丈《ほうじょう》の庵《いおり》もいいが、おまえはここでも満ちていられるだろう?」

この間「方丈記」の庵に暮らすのが夢だったと言った正祐に、そこに欠く窓辺でもあるまいと大吾は尋ねた。

「『春は藤なみを見る、紫雲のごとくして西のかたに匂ふ。夏は郭公《ほととぎす》をきく、かたらふごとに死出の山路をちぎる』だ。悪くないだろう、この襤褸家《ぼろや》も。俺の隣も」

強くはない声で言われて、正祐が月の光に満ちた庭を眺める。

言われればここは夢に見た「方丈記」の庵に近しい上に居心地がよく、そして大吾の言う通り隣にこの男がいることで正祐は頭上の月よりも満ちてしまっている。

「あなたの隣で紫雲がたなびけば、私は満ちたままでいられますね」

西方に紫雲がたなびくという言葉は、「平家物語」や「新古今集《しんこきんしゅう》」、「山家集《さんかしゅう》」の中で臨終《りんじゅう》の訪れとして使われていた。

「……俺の隣で死にたいか。そういう執着は俺の好むところじゃあないが、その言い方は掻き立てられるな」

隣で紫雲がたなびくか、と、口の中で大吾が正祐の言葉を反芻《はんすう》する。

「そそられる。次に書く小説の中で、情人に言わせたい。使ってもいいか」

問われて、いつも眠そうだと言われる目を見開いて、正祐は大吾の顔を見上げた。

次の作品がなんなのかはまだ知らないが、「若衆《わかしゅ》」と言わなかったところを見ると濡れ場を正祐でイメージしたという小説ではないようだ。そのシリーズは先日正祐が丁寧に校正を終えたところで、このまま何事もなければ七月に刊行される。

未知の、これから東堂《とうどう》大吾が書く作品の中で、登場人物が自分の紡いだ言葉を綴《つづ》ると情人は言った。

「敢《あ》えて私にそう問われたことは、初めてですね」

「ああ、そうだな。だが使うとなったら俺は誰にでも尋ねる。使っていいかと」

「そうなんですか?」

「別に難しい権利問題について考えるわけじゃない。俺の言葉じゃないからな。その言葉を貰っていいかと断りを入れるだけの話だ」

たいした理由ではないと言った大吾を、ふと正祐はとても正しく頼もしく、愛おしく思った。

これが自分の愛した男のすることで、東堂大吾のすることだと、きちんと一つに合致する。

「私」

この男が愛おしいと思いながら、ほとんど無意識に正祐は口を開いた。

「あなたとお別れしたく存じます」

「は?」

突然別れを求められて、大吾が目を剝く。

「なんなんだ唐突に。おまえの言葉を小説で使いたいと言ったからか?」

「様々、理由は積もりに積もっておりますが。端的に申し上げますとお別れしたい訳は一つです」

「なんだ」

様々と言われても、大吾の方には最近比較的穏やかに情愛を交わしていた情人と別れる理由など、一つも思い当たらなかった。

「近頃、あなたの小説は本当に素晴らしいです」

「そうだろうな」

「もともと私は、東堂大吾の大ファンです」

「そうだったな」

大吾の自宅から程ない同じ松庵《しょうあん》にある正祐の幽霊マンションには、観音開きの本棚に東堂大吾の本だけがきちんと並べられている。

それは二人が出会う前からのことだった。

「現代作家に於《お》いては、私は東堂大吾は最も好きな作家です」

「現代作家に於いてはと前置きするところが気に入らないが、そうだろうとも」

「その尊大さで李徴のように虎にならないように、よくお気をつけください。虎になっては小説が書けません」

虎になることよりも、虎の手ではやはり長い小説が書けまいとそれを正祐が案じる。

「俺がこの風情のない満月の下で虎になったら、おまえが俺の言葉を聞き取って書き付けろ。誤字脱字もないだろうから安心だ」

「……それもまた幸いそうですね……」

隣の男が虎となり、山月記の李徴のように文章を語り出してそれを自分が書き留めるというのはまた夢の様かもしれないと、正祐は無意識に大吾に寄り添って腕に触った。

「俺を虎に見立てるな！」

完全に虎として撫でられたと察して、大吾が吼《ほ》える。

「あなたが虎であったなら、私は虎の口から出てくる東堂大吾の小説を書き留めて残月の下に暮らせるでしょうけれど」

「おおい……しっかりしてくれ」

うっとりと正祐が「山月記」の中に入り込むのに、どうしたらいいのかわからず大吾は途方に暮れた。

「あなたの小説がとてもおもしろいんです。でもあなたは虎ではないので、私のあなたの本への感覚を著《いちじる》しく侵害しているんです」

「それがどうした」

「私は最も好きな現代作家の作品を、今先入観なしに読めていません」

念入りに校正した新作で鉛筆を入れることに最後まで悩んだ「心中立て」の時代背景についても、正祐は自分の判断が合っているかわからず篠田《しのだ》の力を借りている。

鉛筆を入れなくていいのが自分の知っている「東堂大吾」だけのことなのか、皆が知っている作家「東堂大吾」のことなのか区別できないということは、正祐には大き過ぎる問題だった。

「それは致し方ないだろう。こうして顔を合わせてなくとも、作家の人柄を知ってしまうことは避けられない情報化社会だ。先入観は力尽くで捨てていけ」

正祐の言っていることはわかるが、そういうことは別に恋人同士でなかろうと大なり小なりあるものだと大吾が断じる。

「私がどれ程本を愛しているとお思いですか」

「まさか俺よりということはないだろう？」

「………」

まさかと疑わずにつけられながらも正祐は答えに窮して、大吾に目を瞠《みは》らせた。

「あなたの影を見ず、あなたの言葉を思い出さず、真っ新《まっさら》な心で私は東堂大吾の書の中を泳ぎたいのです」

ため息を吐いて、それが自分にとって大きな望みだと正祐が月に願う。

「それほど俺の才能が開花しているという話だな」

よくわかったと大吾が、全くいらない理解を示した。

「その尊大さも思い出したくありません……」

大吾のその李徴も真っ青の自尊心は、東堂大吾小説の登場人物に時折どうしようもなく反映されて正祐を苛立たせる。

「虎ならば我慢ができました。李徴以上の自尊心をお持ちなのにどうして」

大きな白い虎に寄り添って虎が紡ぐ小説を書き留める暮らしを夢想して、「別れたい」と申し出た相手に正祐はため息交じりに寄り掛かった。

「あなたは虎にならないのでしょうね」

虎ならば小説以外のことを口にして書物の中を泳ぐ自分を邪魔するまいと、正祐は情人が虎ではないことを憂える。

「俺は虎ではないので、今おまえの全てが不安だ」

不安というよりは不安定の極みの正祐に別れを告げられたのに寄り添われ、一体今宵この満月の下で恋人をどうしてくれようかと大吾は心の虎の爪を力なく研《と》いだ。

「新月の頃には虎になってもかまいませんよ」

その方がいいと正祐が、虎を思って大吾に添う。

「俺はかまう！」

かまうと言いながら虎のように吼えた大吾に、「そうですか」と心ここに在らずで正祐はため息を吐いた。

水無月《みなづき》の初め芒種《ぼうしゅ》を迎えて、正祐《まさすけ》は篠田《しのだ》に誘ってもらって高円寺《こうえんじ》の安居酒屋にいた。

「俺たちよりもっとこういうことが身近で深刻な職業の読書家たちがいるから、そちらのご意見を参考にするといい」

今日の眼鏡のつるは余所《よそ》行きで黒羽色の篠田が、四人掛けテーブルに正祐と並んで座って言い聞かせる。

私と本を分けたいという正祐の悩みは一向に終わらず、庚申社《こうしんしゃ》の校正室でもとうとう「東堂《とうどう》先生が東堂大吾《だいご》の世界を侵します……」と呟き出したので、篠田は自分の手に余りプロ中のプロに同僚を投げようとしていた。

「同業者と断絶しようとしながらも、篠田さんは人脈が広いのですね」

連れて来られたこの居酒屋は昭和の小説に出て来そうな大衆居酒屋で、いかにも出版の人間が集いそうだと正祐が本の気配を嗅《か》ぐ。

「いや、ここのところ校正者や編集者の集まりがあったのは」

最近出版業界の人間と仕事で会うことが増えていた篠田だったが、実はその話は正祐に言わずにおくつもりだった。

「校正者を中心とした出版に纏《まつ》わるトークイベントをやりたいと持ちかけられて、打ち合わせで集まって呑んでいたんだ」

「それは楽しそうなイベントですね」

本に関わるイベントならどんなものでも楽しそうだと、正祐が無邪気に頷く。

「このイベントについて、俺はおまえに隠し通そうとしていた。すまん」

隣の席だが体を正祐に向き直らせて、誠実さを露《あらわ》に篠田は実直に頭を下げた。

「え？　何故《なぜ》ですか？」

「おまえは校正者としてとても有能で、見落とされるような破綻《はたん》も細やかに拾うし知識も深く意欲も旺盛で」

そうした優秀な人材をイベント側が求める度に、篠田は隣の同僚を思って密《ひそ》かに胸を痛めていた。

「そんな……過分なお言葉、ありがとうございます」

「そんなおまえを、俺は小箱に入れてしまっておきたいんだ。許してくれ」

私は重箱の隅を突《つつ》き回すことに至上の悦びを感じる暗黒の校正者ですと、よくよく見ると母親にそっくりな美しく整った顔で淡々と言葉にする正祐は、校正者としてはキャラクターが立ち過ぎている。

人前に出したら本人は知ったことではないだろうが激しく盛り上がり、きっと紹介した自分が同業者たちに末代まで呪われるだろうと篠田には充分予測できた。

「尊敬する篠田さんに小箱に入れてしまわれるなど、とても光栄です」

「自分で小箱に入れておいてなんだが、とてつもなく重荷だ……」

とても背負いきれないと丁度篠田が遠い目をしたところに、待ち合わせていた男が焦りながら店に入ってくる。

白いシャツの前を開けて地味な眼鏡を掛けた一回り年上の男は絵に描いたような文芸の編集者という風情《ふぜい》で、正祐は僅かにだが見覚えがある気がした。

「すみません、酒井《さかい》さん。お呼びだてして」

立ち上がって篠田がその男に頭を下げるのに、慌てて正祐も立ち上がる。

「いえいえ、うちの先生が悪いんですから。どうも塔野《とうの》さん。いつもお世話になっております。いつぞやは本当に、東堂先生がとんだ失礼を……」

「あ」

いきなり平身低頭謝罪されて、正祐はこの男性が誰なのかようやく思い当たった。

「こちらこそ……いつもお世話になっております。庚申社の塔野です」

仕事柄こういう場面に慣れているかというとそうでもなかったが、儀式として正祐が名刺を差し出す。

「そうでしたね。その節は名刺交換をさせていただくこともできずに、本当にすみませんでした。犀星社《さいせいしゃ》の酒井です」

酒井と名乗って、「酒井三明《みつあき》」と書かれた名刺を差し出した腰の低い男は、一昨年の真夏庚中社に殴り込みに来た大吾を全力で止めそこなっていた担当編集者だった。

「あの後弊社社長は腰を痛めましたが、酒井さんはご無事でしたか」

「いや、僕はそこそこ慣れているのであういうことは。大丈夫です」

「慣れているというと、東堂先生がしょっちゅうああした行いを……？」

「まあまあ、積もる話はまず乾杯の後で」

立ったまま大吾について語らい出した二人に座るように促して、篠田が通りすがる店員に「生三つ」と注文を告げる。

「はい生ビール」

雑な泡の立った生ビールが、程なく女の手で三人の前にドンと置かれた。

「お疲れさまです」

「お疲れさまです」

「お疲れさまです」

三つ並ぶと却って疲れがます丁寧な「お疲れさまです」が重なって、ジョッキを合わせる。

「東堂先生は血の気が多いですが、さすがにあそこまで盛大にカチコミに行かれたことはまだ……」

初めてではないとも担当者としては言えず、曖昧《あいまい》に酒井は言葉を窄《すぼ》めた。

「もう一回り、いや二回り上の世代の先生方の中には、喧嘩っ早い方もたくさんいらっしゃって。新人の頃はよく、呑み会の席で止め方に回りました。最近は減りましたよ」

ああいうことはと、酒井は遠いまなざしで一昨年の夏を見ている。

そうして遠い目をされると、正祐にももうすぐ二年になる真夏のカチコミがまざまざと思い出された。

「あんなことがあっても変わらずに東堂先生のご指名を受けてくださって、塔野さんには本当に感謝しております」

「いえ、私の方こそ相変わらず東堂先生を逆撫《さかな》でするばかりですのにご指名いただいて。ありがとうございます」

頭を下げた正祐に、酒井の口から「自覚あるんだ……」という呟きがどうしようもなく漏れてしまう。

「いや、でも特に歴史校正はがっちりやっていただかないと。最終的に辛い思いをするのは、編集ではなく作家さん自身です。そして何よりお金を払って本を手にしてくださった読者さんが、間違いに気づいたら感情が止まりますから」

それでも、手を緩めず今後ともよろしくお願いしますという酒井の声がきっちりと正祐に届いた。

「感情が止まるというのは、本当に本当に困ることですよね……」

一たび本の世界に没入したらその本以外の何者にも囚われずいつでもそうして本とともに生

きてきた正祐には、酒井の言葉の意味がよくわかる。

「何か、悩まれていらっしゃると篠田さんから伺いましたが」

しかし未だ何故こうした席が設けられたのかは理解していない正祐に、酒井の方から話を振ってくれた。

「校正者の五月病です。塔野は」

悩みと言われてそれでもわからずにいる隣の同僚に苦笑して、篠田は品書きを眺めている。

「編集さんの方が、本と私を分けるのは大変なお仕事だろうと思って。コツを訊くには最適の人物だろう?」

「……確かに」

篠田に言われてようやく正祐は、自分たち校正者よりも編集者たちの方が余程作家本人と日々近くに在って、尚且つ自分たちと等しく本を愛する職業だと気づいた。

「僕が何かお力になれるんですか?」

どの悩みに自分が最適なのかは、酒井も篠田から聞かされていない。

「あの」

ビールジョッキを置いて、正祐は思い切ってまっすぐに酒井を見た。

「実は私は、東堂先生の大ファンなんです」

「え⁉」

打ち明けられた酒井の口からは、店中に谺《こだま》する吃驚《きっきょう》の声が漏れる。

「やめますか……？　担当校正者」

即座に酒井は、ほとんど反射で提案してくれた。

「いいんですか酒井さん。ここで酒井さんがそれを決めて帰ったら、お命が危ないのでは？」

いやそういう話ではないと、酒井の命を篠田が危ぶむ。

「そ……そうでした。つい勢いで。いやしかし東堂先生の大ファンで、東堂先生の担当校正者はさぞかし……さぞかし」

それはさぞかし辛いだろうと、時には校正に喧嘩腰で倍返しの書き込みをする大吾をよくよく知っている酒井は、申し訳なさそうに正祐に頭を下げた。

けれどそこではないと正祐は言いかけて、何処《どこ》なのかはっきりとは自分でも言えない。

「前任者は西表島《いりおもてじま》でイリオモテヤマネコと暮らしてるくらいですからね。もともと気の弱い男でしたが、結果西表島の風土が合って元気にやっているようです」

律義で人に懐かれ慕われる篠田は、今もその前任者と年賀状のやり取りを続けていた。

「まあ、でもそういうことなら僕は確かにこの案件には適任ですね。だって」

胸を張って酒井が、大きく正祐に頷いて見せる。

「自分も、担当する前から東堂先生の大ファンでしたから……はは」

しかし最後の笑いは乾いて力なく消えた。

「なんという……」

大ファンだったものを担当になったとは篠田も初めて聞いて、とんでもない適任を連れてきてしまったと絶句する。

「それは本当に……心中お察し申し上げます……」

同じく絶句していた正祐の声は、ほぼお悔やみだった。

「篠田さんは、すごいですね」

感心して正祐が、隣の同僚を見る。

「いや、この情報は知らなかったよ。東堂先生、酒井さんより若いしな」

想像しなかったと、篠田は正祐に手を振った。

「いや、篠田さんのこういうところは能力ですよ。本当に」

「何がですか。そら豆と冷ややっことモツ煮ください」

酒井にも同意されながら、とりあえず適当なものを篠田が注文する。

「判断力ですかねえ。助けを求める相手を見誤らないというのは、生き残る力ですよ」

大きく感嘆して酒井は、自分を正祐の前に座らせた篠田に小さく拍手をした。

「なるほど、そうですね。篠田さんの判断は、いつも的確なだけでなく早いです」

助けてと言うだけでなく助けを求めるべき相手をきちんと選ぶ力というものは、優れた能力なのだと正祐もこの場で思い知る。

「サバイブ東堂大吾ファンの集いになってしまった……そこまで大袈裟《おおげさ》な会のつもりではなかったんですが、自分は。外しましょうか⁉」

その対話にむしろ参加したくないと、危機管理能力も激しく高い篠田の腰がすかさず浮いた。

「いや、いてください篠田さん。僕と担当校正者の塔野さんと二人きりになっては……」

「そうですよ。何処まで根深い話になるかわかりません……」

職種は違えど担当者である者同士そこは自信がないと、止め役として篠田が引き留められる。

「……わかりました。酒井さんと塔野を引き合わせたのは自分の責任です」

無駄に荷を背負わないことを常に意図している篠田だったが、乗りかかった船の責任を放棄できる男ではなかった。

「俺は今日ここで聴いたことは全て念仏だと思うことにしますから。馬だと思ってください。駑馬《どば》で結構です。キムチもお願いします」

足の遅い馬に徹してひたすら呑もうと、ビールのあてになるものを篠田は追加した。

「いや、でも東堂先生に限らずです。編集者は好きな作家に依頼して担当者になるということは、そんなに珍しいことではないですから。ファンでもある作家と仕事をするということは、日常ですよ」

そんな運命の巡り合わせという話ではないと、篠田を気遣って酒井が付け加える。

「それは、楽しいものですか？」

たまたま正祐は担当している大吾と深い仲になってしまったが、基本校正者は担当作家と会わないものなので、日常的に好きな作家と仕事をするということは想定できない。

なのでつい無邪気に尋ねてしまい、酒井に地蔵のような笑顔を作らせることになってしまった。

「す……すみません、覚悟の足りない質問でした！」

「いえ、そうですよね。みなさん本が好きでこうした仕事に就くわけですから。読者さんから羨ましがられることもあります。憧れの先生の担当を私もしてみたいですと、サイン会などで声を掛けられたりして」

笑顔で乗り切ろうとした酒井が、しかし力尽きて生ビールを飲み干す。

「なさってみてくださいと……思います……はは」

「スルメお願いしまーす」

笑いの渇きっぷりに篠田は、思わず干物を注文した。

「これは僕が担当している作家さんのことではなく、一般論ですが。あ、生一つ」

手を上げていち早く空になった生ビールを追加して、酒井が大きなため息を吐く。

「作家さんは、エキセントリックな方が多いです。その想像もつかない行動や言動から、想像もつかない作品が創造されているのだと」

思うしかと、酒井は言葉を切った。

「でも昔ほどではないです」

それが何か心の支えの言葉なのか、「今はまだましです」と酒井が繰り返す。

「言われれば……」

そういえばと正祐は、自分が接したことのある大吾以外の作家二人を思い出した。

一人は新進気鋭にも程がある若手作家の伊集院宙人《いじゅういんそらと》で、まず何を言っているのかほとんど理解できない。彼と接するとき正祐は、常に宇宙を連想する。生まれた時にあの名前が付けられたのだから、両親か祖父母が何か徳の高い人物なのかもしれないというところまで思考が及ぶ日も少なくはない。

そしてもう一人文通までしてしまった白洲絵一《しらすえいち》については実のところ記憶が曖昧《あいまい》なのだが、それは白洲が魔物で呪術師で「蛇性《じゃせい》の婬《いん》」に登場する恐ろしき大蛇真女児《まなご》の如き生き物だからだと大吾が憤慨しながら言っていた。真女児は牛とまぐわっては麒麟《きりん》を生み、馬とまぐわっては龍馬《りゅうめ》を生むという霊獣を生み出す恐ろしい妖怪で、とりあえず間違いなく人ではない。

いずれにしろ二人とも、そんなに社会を知っているとは言えない正祐から見ても、一般社会に通用する人物とはとても思えなかった。

「自分も何人か作家さんと呑んだことがありますが、会社員という風情の人はまずいらっしゃらないですね」

一般論としてそれは仕方ないと、篠田も頷く。

「そういう仕事なんだと思いますよ。編集者にも変わり者は多いですが」

自分たちもそんなに普通の会社員的ではないと自覚がある酒井が、一応の謙遜を見せた。

「まだしも人であるとは思います」

だが多くの作家たちを見てきた本音が、小さくテーブルに落ちてしまう。

「酒井さんは立派な人に見えます。東堂先生は……」

大吾について語り掛けた正祐の膝を、軽く篠田が叩いた。

そうされて初めて、自分と大吾の面識について酒井は一昨年のあの日のことしか知らないと気づき、慌てて口を噤《つぐ》む。

「東堂先生は、まるで怪獣でした」

あの日の印象だけで語るのであれば、他に言いようがなく正祐はため息を吐いた。

「あ、でもあのときが初対面ではなかったんですよね？　呑み屋でご一緒したと、確か東堂先生が」

激動の中よくも大吾の罵声を聞き取れたものだと、さすが担当編集者と感心させられることを酒井が言う。

「たまたまです。私の住まいが会社の近くなもので、駅前で」

「そうでしたか。いやあ、引きずって出て行かれた時は明日には新聞沙汰かもしれないと震えました。ご無事で何よりです」

そう言われると正祐は、あの日の晩に祖父の形見のソファの上で大吾とのっぴきならないことになったことを否応なく思い出させられた。

「……無事ではないです。あの後しばらく東堂先生のことは、牛裂きの刑に処したいと願い続けました」

何よりですという酒井の言葉に、残念ながら取り繕《つくろ》える夜をその日正祐は過ごしていない。

「牛裂きですか……お気持ちはわかりますが、処されてしまっては犀星社が潰れてしまいます」

大吾が牛に四肢《しし》を引き裂かれることよりも、自社の未来に酒井は表情を暗くした。

「それは最大の取引先である弊社、庚申社的にも大打撃です。すみませーん、牛の串焼きを!」

対話の激しさが増すばかりの正祐と酒井にはこのまま好きなだけ吐き出させて、自分はとことん馬になるしかないと、更に篠田が「馬刺しを」と注文する。

「これは一般論ですが」

吐き出す場だと思っても、担当作家について知っている私的なことを語ることに慣れていないのか、酒井は一般論を多用した。

「編集者は、ときには先生の絶対に見てはならない部分を見ることもありますから。ご本人と完璧に分けて、ご本人を思い浮かべることなく本を読む力を持つ者は多いです」

「そんなお力を、酒井さんもですか?」

なんという能力なのかと、正祐が身を乗り出す。

「持たないと続けられません。持っております」

真《ま》っ新《さら》な気持ちで本を読みますよと、酒井はそこは誇らしく言った。

「私にも持てるでしょうか」

最早超能力か第六感か七感なのかと、途方もない気持ちで正祐が問いかける。

「あ、おまえそういえば前職は編集者だったんじゃないのか」

「そうなんですか?」

忘れがちだがと口を挟んだ篠田に、酒井が目を丸くする。

「これほど本を愛する私にそれほど向いている仕事はないと思い込み、なんとか出版社に就職いたしましたが……」

あまりの忙しさに祖父の死に目に会えず意欲を失って辞めた仕事だったが、振り返ると正祐は自分は編集職に全く向いていなかったとも思い出された。

「在職中に作っていたのはコンビニ配本の歴史ムックで。原稿をいただくのはもっぱら大学の先生や研究者の方でした」

「学者さんも変わった方は多いですが、またタイプが違いますよね」

出版社として仕事で接することはあると、酒井が研究者にも理解を示す。

「それもそうかもしれませんが。自分は今校正者として、考証の間違いについて鉛筆を入れる程度の仕事です」

程度という量の鉛筆ではないことは篠田も酒井も思い知っていて、二人ともが言葉もなく路傍の地蔵のような顔になった。

「それでも東堂先生はあの有様……いえ、怪獣のようになられるのですから。書き上げられた原稿について、担当編集者さんであれば内容にご意見なさったりするのですよね？」

考証について問うただけであれ程激高するのだから、ましてや内容に口出しした者はどんな目に遭うのかと、正祐がそんなに強そうには見えない酒井を畏敬の念で見つめる。

「文芸の先生に対しては、実のところあまりしないです。次の作品どうしましょうかと提案したり、ご相談したりはしますが。ただ」

それが通常のことだと前置きしてから酒井は、暗く顔を陰らせた。

「自分が担当させていただいた時、東堂先生は時代小説は初めての本で。それは何も言わないというわけにもいかず」

「……いかず？」

意見してどうなったのかと、正祐が息を呑む。

「お若く、今より更に血気盛んで。控え目に言って殺されるかと思いました」

詳細は聞かずとも想像がついて、正祐のみならず篠田も気持ちが巻き込まれてただ黙り込んだ。

「東堂先生は、今のように大ヒットを飛ばす以前のほぼ新人の頃から現在に至るまで、終始一貫してあの態度のままなのはご立派です。売れているから尊大なのではなく、もともと東堂先生は尊大なのです。身一つでもきちんと尊大です」

「褒めてますかそれ……」

裏表のない、立場で態度が変わる人物ではないと酒井が言い添えたことは篠田にも解釈できたが、褒めていると受け取ることはなかなか難しい。

「でも、そうすると時代小説家である東堂先生を育て上げられたのは酒井さんだということになりますよね。素晴らしいお仕事です」

初めて聞いたが駆け出しの東堂大吾に時代小説を書かせたのは目の前の編集者なのかと、正祐はそちらに気持ちを惹かれて今度は尊いものを拝むように酒井を見た。

「育て……」

自分では使わなかった言葉で大吾との仕事関係を語られて、酒井が固まる。

「東堂先生がそのようにご自身でおっしゃることは、あります。自分よりは弊社社長の谷川《たにがわ》に対してや、時にはなんの弾みでか自分にもお言葉をくださることはありますが……僕が育てたと言うと、僕の生命の危機を感じます」

「自分で言うのは構わないけれど、人に言われると八つ裂きにしたくなるタイプの方ですね。大丈夫です東堂先生は見たままです。唐揚げください！」

ここはもう唐揚げに場を盛り上げてもらうしかないと、篠田は大きく手を上げた。

「東堂先生は、ああ見えてたくさんの熱心な読者を抱えてらっしゃいますから。担当校正者の方が先生のファンだということもあり得ますね」

気遣いも多いのにこと大吾のことになると口が滑るのか酒井は、どう見えているのかああ見えてと言葉にしてしまう。

「担当編集者は、自分が第一読者であるということに喜びを感じもします。塔野さんはそういうお気持ちを持つのは難しいですか?」

本と本体を分けて考えろというのは無理な物件だと大吾のことを思い知っている酒井が、方向性を変えた提案をしてくれた。

「……お顔やお声を知らない頃は、そうした感情で校正をさせていただいたように思います。今思えばですが」

意識したことはなかったが、一昨年《おととし》の春彼岸《はるひがん》鳥八《とりはち》のカウンターで初めて言葉を交わす以前は、手元に本になる前の東堂大吾の原稿が来るとただ静かに胸が躍っていたと、正祐は覚えている。

まだ読んだ人は数人なのだろう小説を読む誇らしさは持ってはならないと自分に禁じていたので、心の中で明文化したことはなかったが振り返ると確かにその幸いはあった。

「殴り込まれては、そうもいきませんよね」

「いえ、そういうわけではないんです。今、本当に東堂先生の作品は素晴らしくて。一冊、一冊ごとに私にとっては最高におもしろい本になって、言葉を失うほどなんです。殴り込まれたせいで小説のおもしろさが目減りして感じられているのならむしろその方が……」

まず自分にはそんなことはあり得ず、問題は減る方ではないと正祐は言いたかったが、上手く言葉にならない。

「なんとなく、わかりはします。どちらでも嬉しくはないですよね。読書家は」

「自分もそれはよくわかりますよ。ですから酒井さんとも仕事呑みしかしません」

なんとなくの感覚にやわらかく同意してくれた酒井に、そもそも正祐の悩みに耳を傾けた上この場を作った篠田は冗談交じりに笑って、けれど本心だと言った。

「本は、私には自分だけのものなんです」

傲慢に聴こえると案じた言葉だが、二人はきっとわかってくれると信じて、正祐がようよう声にする。

「五百円しない文庫でも、何千円もする上製本でも。図書館で借りた本でも。読み始めたらその本は等しく全て、私だけの領土です」

領土、と言ってから正祐は、ふと大吾の声が聴こえた。

同じようなことを以前、大吾が言っていた。

実感はないと答えたのを覚えていて、実感がなかったのでそのとき大吾が自分に何を言ったのかを、正祐はちゃんと理解しなかった。

「東堂先生は、小説もご本人も東堂大吾です」

ふと、やさしい声を、酒井が聴かせる。

「時々ですが、思い知りますよ。良きにつけ悪しきにつけですが、完全に一致しています」

「どのようなところがですか？」

完全に一致していると言われると、正祐はその通りだとも思えた。

自分は大吾を知り過ぎているから入れなくていいと思うのかと迷った「心中立て」についての鉛筆も、隣で篠田があっさりと東堂大吾なら入れなくてもいいだろうと言った。

そのとき正祐は安堵したが、その一つで気持ちが落ち着くには大吾とはあまりに仲が深い。

「この話は、呑みの席でのこととして胸にしまっていただけますか」

仕方なさそうにため息を吐いて、酒井が迷いながらも口を開く。

大吾の本を読むときに大吾本人が垣間見えてもそれは気にするところではないと、酒井は正祐のために諭そうとしてくれていた。

「もちろんです」

「自分は本日馬ですが、馬なりに関心はありますが大丈夫ですか」

頷いた正祐の隣で、篠田が自分の聞いていいことかと酒井に尋ねる。

「本当は僕は、こうしたことはたくさんの方に知っていただきたいのですが。何しろあらゆる角度から激しく嫌われていますからね……。ただ売名のようにこうしたことを語るのは、先生は心から不本意でしょうから」

くれぐれもここだけの話でと、酒井は声を小さくした。

「時代小説を書き始めてすぐに、ある闘病経験者から手紙が届きました。避《よ》けようかと悩みましたが、どんな内容でも全て渡すように先生からは言われていて。その後は未開封で渡すようにと、無茶を言われております」

困った先生ですと、担当編集者が苦笑する。

「感染に対する誤解から、二十年前まで患者は強制的に隔離施設に入れられた病の方でした。その隔離政策はなくなりましたが、社会から離されたまま高齢になった当事者の方々が結局行き場がなく、今も全国の施設にいらっしゃいます。その病を連想する記述が先生の小説の中にあって」

話していいものかと悩みながら、ぽつりぽつりと酒井は言った。

「差別的ではない表現でした。そこは自分も、当時の校正者たちも徹底的に検証しました。ただ、今もその施設で暮らす当事者の方が、ここで読みたくはなかったという旨のお手紙をくださって」

手元を見て酒井自身は、その是非については自分では判断しないトーンで語る。

「なかなか厳しい文面でして。最初はもう、言葉狩りだと憤って大変でした。表現の自由の侵害だと、先生はそこは強固ですから。まあ、先生の言い分ももっともで。どんな描写でもあり得るんです。ご自身のことと準《なぞら》えて傷ついて、やめて欲しいと訴えていらっしゃる方は恋愛描写でさえいらっしゃいます」

よくあることなんですよと、特別に捉えることを酒井は二人に良しとはしないように言い添えた。

「その年のうちに、先生は施設のある島に行かれました。殴り込みかと全力で……止められず、来るなと言われましたが必死でついて行きましたよ。その時は」

大変だったと笑う酒井に、一体何をしに行ったのかと正祐が息を吞む。

「手紙を書かれた方のお話を聴きたいとおっしゃって、黙って聴いてらっしゃいました。まだ先生は二十代半ばでしたね」

それ以上でもそれ以下のことでもないと、酒井は言った。

「とことん文字で学ばれて、誰かが傷つくことも覚悟があるとよく先生はおっしゃいますが。学びも覚悟も足りなかったのかもしれないとだけ、帰りの船でおっしゃって」

育てた者の大呑への情の籠もってしまうため息が、テーブルに落ちる。

「以来お一人で、全国にまだ数か所残っている施設をたまに訪ねているようです。小説にその病の描写を書かれることはなくなってしまいました。自分はもう、島にはついて行きません」

「……それは、何か文章になさることはないんですか？　聴き取ったことを」

大切な言葉を聴いて歩いているのではないかと、自分の全く知らない話に驚きながら正祐は訊いた。

「最初に島に行かれてから何年も経ちますが、今は何も決められないとおっしゃっています。長く考えていらっしゃるんでしょう。それは僕は、ただ待つのが仕事だと思っていますので黙って待ちますよ」

同じ話を隣で聴いていた篠田は、何も言わない。

「わかる日は来ないとも、おっしゃってました」

それは当たり前ですと、酒井は呟いた。

聴きながら正祐は、まるで知らない人の話のようで、よく知っている人の話だと感じた。

作家東堂大吾のすることであり、情人東堂大吾のすることだ。

相手の気持ちを考えているようで、全く考えていない。自分の考えだけで動く。

それでも大吾は、動く。

正しいのかどうか答えが出なければ、答えが出るまで考える。答えが出なければ出るまでただ一人で考え続けるのだろう。

いつかそれを書くのが正しいと大吾が思ったなら、けれどその正しさは大吾だけのものだ。大吾だけが責任を負う文章が綴《つづ》られる。

負えなければ永遠に綴らない。

「誠実であり……とても傲慢です」

「全くその通り」

ぼんやりと独り言《ご》ちた正祐の言葉に、長く大吾を知っている酒井は小さく笑った。

夏至《げし》を迎える前に、正祐《まさすけ》は犀星社《さいせいしゃ》から戻ってきた七月刊行の大吾《だいご》の小説の念校を見た。きちんと念入りに見て、そしてこっそりと小説として読み耽《ふけ》った。

「今日こそはあなたとお別れしたいです」

上弦の月に雲が掛かる晩に、常夜灯しかついていない大吾の家の居間で、正祐は畳に三つ指をついた。

「まだそんなこと言ってるのかおまえは……」

何かしらが始まったのだと思いながら大吾は、その件について深刻には捉えていなかった。

「こんなことを申し上げてしまう時点でもういけないのだと思いますが、本日あなたの……いえ東堂《とうどう》先生の念校をお返しして。改めて深く感じ入る名文に言葉もなく」

心から感じ入ると本当に人は賛辞する語彙《ごい》もなくなるのだと、念校に正祐はそれ以上の言葉を尽くせない。

「そこまで本を愛するおまえが、そこまで感じ入る作家と深い仲で何が不満だ」

憮然として相も変わらず虎よりも尊大に、紫檀《したん》の座卓に肘をついて大吾は言った。

「今私が最も愛する作家の本を、私は真《ま》っ新《さら》な心で読めていません。それが不満です」

わかりやすく正祐が、別れの意図を説明する。

「そんなことを言い出したら表現者は他人と付き合えないだろうが！　俺といるせいで俺の作品のおもしろさが減ると言いたいのか!!」

「それもありますし、逆のことも実のところ多いです」

虎の如く歯を剝いた大吾に、もう本のことしか考えたくないと正祐は深々とため息を吐いた。

それは酒井《さかい》から大吾の島通いの話を聴いてからより一層深まった思いだった。

全てが一致し過ぎている。

「どちらかというと私はあなたを知るせいで、余計にあなたの書に深みを感じているのではないかと自分を疑っているんです」

「それが何か悪いのか」

いいこと尽くしじゃないかと、読書家でありながら大吾は正祐に理解を示さなかった。

何故わからないのかと正祐は焦れたが、それもまた「東堂大吾」の持つ傲慢だ。

「全くよくないです。宗方清庵《むなかたせいあん》の時間が動いて、人が変わっていましたというお話をした時にあなたは」

この間そんな話をしたと正祐が、半分になっている月の明りの中座ったまま大吾を見つめた。

「あなたと私もだとおっしゃいました」

「ああ」

だからそれがどうしたと、大吾の声はただ不機嫌を増していく。

「その通りだと、強く実感して。より、宗方清庵の世界に感じ入ってしまった気がします」

不機嫌のままではあったが、そこまで説明されて大吾はようやく正祐の言い分を知った。

「なるほど、おまえさんの言っていることはわからなくはない。俺にも」

だがそのことについては自分は先に納得して降伏したと告げたはずだと、大吾の太々《ふてぶて》しい表情は変わらなかった。

「本と俺はずっと二人きりだった。そこは俺には孤高の領土で、誰の言葉も俺と本の間には入れない。読んだ感覚は俺一人のもので、誰にも何者にも影響されることは決してなかった」

書について大吾が語るのに、その話だと正祐が頷く。

「唯一そこを侵すことをおまえにだけ許したと、前に言っただろう」

「……あ」

告げられて、ようやく正祐は以前大吾に言われた言葉を思い出した。

——書に対するおまえの価値観を、絶対的に信じ始めている。

昨年の秋、冷え込んだ日に老作家が亡くなって、その死をきっかけに夏目漱石《なつめそうせき》を巡って喧々《けんけん》囂々《ごうごう》と揉め続けた時、確かに大吾はそう言った。

――俺の最も神聖で孤高であるべき場所に、おまえは入り込んでいる。間違いなく。どれだけ恐ろしいかわかるか。

その恐ろしさを教えながらそれでも大吾は正祐に、「おまえが俺の王だ」と敗北を喫したことを認めた。

自分の領土を侵していることを認め許し、正祐の頭上に王冠を置いた。

「同じことだ。相身互《あいみたが》いじゃないのか」

孤高の領土の玉座を明け渡す潔さは己にはないもので、やはりこの男は東堂大吾だと正祐はまた思わざるを得ない。

「でも私は、あなたには許しません。あなたが私に許しても、私があなたに許さなければならない義務はありません」

相身互いかどうか決めるのはお互いのはずだと、正祐はますます強く首を振った。

「強情で面倒くさいやつだな！」

「そのくらい私は作家東堂大吾が好きなんです！」

「そしたら校正もできんだろうが！」

「校正をしていただけであったなら、まだ」

酒井と話した時に答えたことを思い出して、正祐が俯く。

「自分が編集部の次の読者であるということに、喜びを覚えてそれをよしとできていました。

私は、最も愛するあなたと最も愛する本が一致していることも怖くなりました」

篠田《しのだ》が場を設けてくれてこっそりと大吾の担当編集者の話を聞いて、これほど入れ込んでいる作家と目の前の男にぶれがないことを、ただ正祐は思い知らされただけだ。

「どちらを失っても、私は一番のものを同時になくします。それも嫌です」

酒井と話したことにより、怖いという気持ちも更に新しく芽生えた。

「若干、その人を持ち慣れないおまえの予期不安が俺は」

怖さを知って大吾が、顔を顰《しか》めて頭を掻く。

「めんどくさくなってきたので、時には心にもない嘘も吐こう。俺はおまえより先に死なない。いなくならない。安心しろ」

適当に約束を口にして、大吾は正祐を手に掛けようとした。

「愛おしいものだな」

恋人である自分がいなくなってしまったら、最も好きな書も胸が痛んで読めなくなるだろうと珍しくそれを思いやって、大吾がやさしい声を聞かせる。

「それも嫌だとは言いましたが、問題はそこではありません。そういう抒情的な情愛的な話ではないのです。物わかりの悪い方ですね」

恋人と最も好きな作家が同じだからそれを失う予期不安は確かにあるけれど、そこが最も重要なのではないと正祐は大吾の肩を強い力で押し返した。

「東堂大吾の小説を真っ新な気持ちで読みたいのに、あなた本体が激しく邪魔だと言っているのです」

目の前に大吾がいなければ何も惑わず東堂大吾の本に耽溺《たんでき》できるのに、できているのかわからないから腹を立てているのだと、正祐は率直に言葉にした。

「な……」

はっきり邪魔だと言われて、さすがに大吾も呆然として言葉が出ない。

「私はずっと水にいた魚で、水にいれば水の中で飽きることなく東堂大吾の本を読み続けることができました。ところが北上中に捕らえられ、市場で競《せ》りにかけられ、百田《ももた》さんに切り身にされて鳥八《とりはち》のカウンターであなたの目の前に差し出されて」

「何を言ってるんだおまえは」

「あなたの身になってもっとあなたを知り、それがあなたの書く言葉と一致してますますあなたの書を深く理解してしまっているのかもしれません」

「いいじゃないかそれで」

「私はあなたの本とは無垢な心で向き合っていたかったのです！」

より深く知ることもよく深く感じ入ることもせず、目の前に置かれた一冊の本とは何処《どこ》までも対等でありたかった上に、そのよく知る本を書く者とその本を何より正祐は愛してしまった。

この上大吾の言葉を借りたくはないが、それは正祐にはまさしく「孤高の領土」を侵されることだ。ずっと誰も入れずにいた最後の線を大吾は越えて来て、正祐の全てを侵している。

「訊くが」

酷い癇癪《かんしゃく》だがその思いはわかったと、大吾は苦笑した。

「今俺と別れたら、おまえさんはその無垢な心とやらを取り戻せるのか?」

答えをもう知っている声なのに、憎らしいことに大吾はきちんと正祐の言葉を待っていた。

上弦の月の中、男の顔を正祐は見つめた。

ずっと書影で見ていた。言葉を交わす前は、時折鳥八の店内で見かけた。

隣の席に初めて座った日も、まだこの男は全くの他人だった。写真や映像と同じだ。文字ですらない。実体のない、記号のような色悪《いろあく》の顔だった。

声と声を交わしてから二年以上が過ぎて、体を交えてから夏で丸二年になる。

傍に在《あ》る。中を知る。同じ空間で同じ時を過ごす。同じこと違うことを思い、それを、二人ともが知っている。

昨日今日のことではなく、時間を掛けて、知ってしまった。

「もう、水の中にいたときの自分に戻ることはできません」

それぞれが違う人間だけれど共に在ることを、正祐は大吾と認め合って今こうしていた。

お互いの時間だけれど、触れ合って影響し合って、一緒に景色を新しいものに動かしながら日々を積み重ねている。

「まだ別れたいか」

最初からそんなことはあり得ないと知った顔をしている大吾を、心から憎らしく正祐は見た。

近頃大吾の作品は一冊ごとに深みを増して、三月に宗方清庵の二十一巻を数えたときから正祐はこの焦れた思いを抱えていた。

発露できずに大吾の前でその不安定さを晒《さら》していただろうに、水に帰らないことを大吾は全く疑っていなかったのだ。

「私は切り身になって、あなたの腹の中です」

別れても別れなくても、大吾の小説と向き合う気持ちを疑うことはもう終わらない。

「誰よりも作家東堂大吾を求め敬愛しているという話です。それで」

何より正祐は、己から「別れたい」と言葉にしながら、この男のそばを自分がもう離れられないことを心の奥底でよくわかっていた。

「あなたの肌に寄り添っていることに焦れて、駄々《だだ》を捏《こ》ねていただけです」

別れられないことを知っていて、別れられないから大吾の本への晴れることのない自分の惑《まど》いが、月に掛かる雲のように疎《うと》ましかった。

もう時は動いて心は変わってしまったのだから、東堂大吾の小説を自分が無垢に読めているのかを正祐が知ることは二度とない。

「あなたの小説のことを思うと、出会わなければよかったとさえ思います」

「俺はその言葉を棺《ひつぎ》に乞おう」

最高の賛辞だと、大吾は紫檀を離れて正祐の頬を抱いた。

「俺の棺に、おまえのその言葉を入れてくれ」

額を合わせて髪を撫で、吐息が掛かる距離で大吾が乞う。

「先に死なないのではなかったのですか」

「嘘を吐くと言っただろ、さっき」

咎《とが》めた正祐に、のうのうと大吾は言い放った。

「……善悪の別はともかく、あなたという人は本当に揺らぎのない人ですね」

良きにつけ悪しきにつけという言葉を、育てたと言っていい筈の担当編集者も使っていたと思い出す。

「揺らいだ方がいいか」

「わかりません」

一方自分は、本当にわからないことばかりだと息が漏れた。

その吐息を拾うように大吾は、正祐の唇を食《は》んだ。

「ん……」

合わせられた唇の先から、自分ではない男の体温が正祐の肌に入り込む。

抱かれて、くちづけが深まり畳に体を倒されて覆い被さる男と、自分の区別が段々と曖昧になる。

うなじを吸われて衣服を剝がれて、しまいには素肌と素肌が触れ合う。

熱いと思っていた唇が肩から胸に這っていくのに、それもまた自分の肌であるかのように馴染みながら、そうではなく情を交わした男のものだと気づくたびに体がまた揺れた。

「……本当に私が魚であれば」

「まだ魚の話か」

お互い半裸でいい加減にしろと、大吾が笑う。

「水を忘れてあなたの腹に入れられて、あなたの血肉となって自分であることも忘れられるでしょうに」

「それじゃあ俺がつまらない」

ぼんやりと言った正祐の頰を撫でて、少しだけ気勢を下げて大吾は目を覗き込んだ。

「何故ですか？　そうすれば私はあなたのものです。完全に」

「いつ俺が、おまえが俺の一部になることを望んだ」

一度もそんなことは望んだことはないと、大吾の声が叱るように強くなって、僅かに細る。

それも大吾だと、一言ごとに正祐はもはや大吾を知るのではなく確かめた。

おまえは俺のものだと傲慢に振舞いながら、いや、そうではないと、最後には大吾は必ず言葉にした。自ら望んでは、大吾は決して正祐の領土を踏みにじらない。

それがまたこの男だけれど、いっそ、とも正祐は思いもする。

「けれどこんなにも自分にとって全てであるようなあなたと、別々に在るということは」

愛する本と、それを書く愛する人とどうしても離れられず。それでも正祐は大吾の言う通り持ち慣れないので、時折腹の底をひやりとした冷たさが触っていくのは本当だ。

なくしたらどうしようと。

「いつでも私を不安にはさせます」

こんなにも入れ込む本、そこに影響する情人、どちらも傍らにあって満ちていることは、正祐にはごく当たり前に怖い。

「俺が同じ不安をまるで持たないと思うか?」

我も人なりという素振りをする大吾に、正祐は笑った。

「私が水に帰ることはないと疑わないのでしょう?」

「まあ、そうだが」

微笑《ほほえ》んでいる正祐の口の端に、大吾がやわらかく歯を立てる。

「実際のところ、おまえは俺にはびっくり箱みたいなものだ」

子どもじみた声で、大吾はほんの少しだが怖がって見せた。

「そうですか?」

「ああ。自覚がないのがまた恐ろしいが、何をしでかすかわからんのがおまえだ。ずっとそうだっただろうが」

憎々しげに言って、大吾が正祐の足に触る。

「私はあなたのように放蕩《ほうとう》でも荒唐無稽《こうとうむけい》でもありません。市井《しせい》の会社員です」

「会社員を自分の看板に使うな」

膝の裏から足の付け根にゆっくりと撫でた足を立てさせて、膝頭に大吾は唇を押し当てた。

「……ん……」

「だいたいおまえは涼しい顔で長いこと俺を騙《だま》していたんだぞ。俺の担当校正者だと隠して、隣で何か月も酒を呑んで」

「それは……ごく普通の職業意識です」

膝の裏を撫でられ唇が腿に向かって、緩やかに肌を高められて正祐が息を上げる。

「嘘を吐くな。敢《あ》えて黙っていたんだ、おまえは」

それは大吾の言う通りで、その頃自覚はなかったけれど、正祐はただの行きずりの酔客《すいきゃく》として大吾と書の話をする時間を手放したくなかった。

「俺の天敵の作家と文通してみたり」

「そのことについては……申し訳なくは思いますが、あなたの天敵だとは存じ上げなかったことですから」

「他の男と文通するな」

短く言えばそういうことだと、腹立たし気にいいながら大吾がいつの間にか脂の小瓶を開けて指を濡らしている。

「突然別れたいと、言い出したり」

「……っ……、ん……っ」

熱を上げられた肉の中を指で探られて、正祐は大吾の肩にしがみついた。

「……特に、堪えたご様子は欠片《かけら》も見えませんでしたよ」

「おまえが本当にそう思うなら」

探り当てた場所を中指で強く押して、大吾が執拗に擦る。

「んあ……、ん……、そのようにおっしゃっていましたし、そう……見えます……」

「ならそれは、俺がかなりの力で虚勢を張れているということだ」

「そうは……思えません……、ん……あぁ……」

指で散々に嬲《なぶ》られて焦らされて、それでも求めるような言葉が言える正祐ではなくただ大吾の背を掻いた。

「どんな理由だろうと、誰ともできないような話をする日もあれば、こうして誰よりも俺を高ぶらせる自分ではない者が」

言葉の通り硬く高ぶったものを指の代わりに肌に寄せて、自然の成り行きのように大吾が正祐の中に入り込む。

「……んあ……っ」

「俺と別れたい、離れたいと言い出すのに、俺だけが何も堪えずにいられると思うのか？」

「……っ……」

その痛みの代わりだというように大吾が、正祐を嬲るように敢えて緩やかに肌を侵した。

「そういうところ、いい加減大人になれよ」

耳元で教え諭すように弱く乞われて、正祐は身が震えて答えられない。

「……私の方が……」

熱を持った肉が、言葉より先に大吾にそれを告げていると正祐はようよう知った。

「私の方が……あなたを求めているんです……あなたより、ずっと」

「それが俺を嬲っていい理由なのか？」

「堪えるのは……私の方の仕事なんです……、ん……っ」

大吾といて大吾を乞うのも寂しがるのも自分の方だと、譲らずに正祐は謝らない。

「いつまでも幼子《おさなご》のように」

「……あぁ……っ」

「おまえが自分の情愛ばかり告げるのには腹が立つ」

言葉通りではなく大吾は、愛おし気にけれど強く正祐を抱いた。

勝手で我儘《わがまま》な駄々を言っていることは、正祐自身にもわかっている。

「……いつでも私の方が、あなたを愛しているんです」

どんなに肌を追い詰められても正祐は、その言い分ばかりは収められはしなかった。

「強情だな」

「……んあっ……」

深く身の内に入り込んで両手で肌を抱く大吾が、僅かに心細さを見せる。

熱に呑み込まれて見失いそうになったけれど、そうして気勢を張りながら孤高で少しの弱さしか覗かせないのが自分の男だと、正祐はよく知っていてその肌を抱いた。

愛する故の弱さまで見せられては、もう明け渡す領土はない。

「王は、あなたです」

戦慄《わなな》く肌も自分の思う通りにはならないと、声を途切れさせて正祐は感覚の全てを大吾に渡した。

「……っ……」

息をつめて熱を吐き出す王もまた同じだとは、まだ知らないまま。

何もかもを渡していると稚《いとけな》く幸いと怖さの両方を抱いて、正祐はその迸《ほとばし》りを受け止めた。

東京では迎え火を焚《た》く七月新月の日、まだ日の落ち切らない西荻窪《にしおぎくぼ》駅近くを正祐《まさすけ》は不機嫌を露《あらわ》に歩いていた。

もっとも露にしているというのは本人の自覚のみで、表情のわかりにくい無駄に整った正祐の顔を見てその心情をすぐに察する者はほとんどいない。

「どうした、仏頂面をして」

そのほとんどいない中でも最も察する力のある情人が後ろから追いついて、正祐に気づいて顔を覗き込んで言った。

「……様々、物思うところありまして」

真夏なのでさすがにジャケットを手に掛けた正祐の鞄には、昨日出来上がってきた大吾《だいご》の新刊が入っている。

篠田《しのだ》を真似て何も持たずに会社を出ようと一時は試みた正祐だったが叶わず、この本は昨日持ち帰って読んで今日も持ち歩いていた。

やはり校正用原稿で読むのと違って、本という形で読むのは至上の幸いだった。

「おまえが物思うと本当に碌《ろく》なことがない」

「よくおわかりですね。昨日あなたの新刊を犀星社《さいせいしゃ》からいただき、今心の底からあなたを邪魔に思っております」

「まだ言うのか！」

その件は片付かなくても終わらせたことだろうと、大吾が声を荒らげる。

「本、しかも上製本という形になって読んだ東堂《とうどう》先生の新刊は格別でした。その上」

内容が素晴らしいことは言うまでもないが、正祐の仏頂面の所以《ゆえん》はまた別のところに在った。

「校正中に気づいて出典を当たりましたが、あなた『艶道日夜女宝記《びどうにちやじょほうき》』と『男色十寸鏡《なんしょくますかがみ》』を参考になさいましたね？」

その二冊は江戸時代に書かれたいわゆる艶本《えほん》、春本《しゅんぽん》と言われるような色ごとの本で、男色の床《とこ》の指南も図解まで入って説明されている。

「……それがどうかしたか」

嘘が吐けない男はきっちり後ろめたさを醸《かも》してしまい、正祐の疑念が疑念ではないと証明してしまった。

「私は仕事中は考えませんでしたが、こうして本になって俯瞰《ふかん》で読んだら思い当たりました。あなたという人は……！」

夏の夕方の往来で、正祐と同じに帰宅の途に着く人々も多い中、自分が何に腹を立てているか口に出すわけにもいかず正祐が力いっぱい大吾を睨みつける。

「普通のことだろう。書に、情人はこうしてやると具合がいいと書いてあればそれは試してやらなくてはという」

顎を掻いて空を見て、そんな適当な風情《ふぜい》でありながら思いやりだとまで大吾が言う前に、正祐は鞄を殴り掛かれる高さまで上げた。

まさか正祐が鞄で自分を殴るのかと大吾も身構えると、もちろんそんなことはできずに鞄は力なく下ろされる。

「本の入った鞄で殴ることなどできません……けれど資料本を私との寝床で実践なさる無神経、耐えかねます！」

「だが俯瞰で読んだから今日まで気づかなかったということは、本になればやはり本は本として読めるということだろう。問題あるまい」

「問題はもっと複雑化いたしました。この本は素晴らしいです。心中立ての心も穿《うが》つことなく私はまっすぐに感じ入りました。一途な気持ちを言葉で示すだけの、学びを得ていない若衆《わかしゅ》の愚かしさが悲しく……それを」

しかしこの時作者が読んだ資料が自分との閨《ねや》で実践されていると気づいたことはもう、読書の邪魔どころの騒ぎではなかった。

「お別れしないまでも距離を置きます。閨には当分入りません。もう決めました」

「おい、本気の目で言うな！　作中資料で実践するのなんざ普通だろうが。池波正太郎《いけなみしょうたろう》は『鬼平犯科帳《おにへいはんかちょう》』の中に登場した料理の献立本を出していたぞ」

「献立本を出したのは池波正太郎本人ではありませんし、献立本を出すというのならお別れだけではすみません！」

日が長い七月の駅近くで立ったまま大喧嘩になった大吾と正祐は、何故なのか不運なる帰宅途中の人を同時に見つけてしまう。

「あ。篠田さん、今お帰りですか」

「おお、いいところで会った。校正者の先達《せんだつ》として、塔野《とうの》に私《し》と本の分け方を指南してやってくれ」

仕事を持たずに帰る篠田は正祐より少しの残業をしていて、さあ帰って真《ま》っ新《さら》な気持ちで新刊を読もうと意気揚々としていたこの上なく運の悪い人であった。

「あ、とかおおでは受け止めきれません。その件につきましては、自分はもう指南済みです。東堂先生。ご無沙汰……でもないですね。昨日自分にも賜《たまわ》りました新刊、ありがとうございます」

丁寧に頭を下げてなんとかここをやり過ごそうとした篠田は、傍若無人な大吾に腕を摑まれてしまった。

「あんたも好きだろう、鳥八《とりはち》。おやじのつまみでとことんやろう」

ちょっと一杯つきあえなどという嘘も、大吾は吐かなかった。

「そうですね。あなたと二人きりより篠田さんがいてくださった方が余程いいです。新刊の余韻に浸《ひた》れます！」

「俺のお気持ちは一体……」

誰にも慮《おもんぱか》られることはないのかと力なく訴える篠田は大吾に引きずられて、三人で鳥八の暖簾《のれん》を潜《くぐ》る。

「おやじ、三人だ」

そこでばったり会ったんで珍しい三人で和《なご》やかに、という空気は全く発していない三人連れに、百田《ももた》が「はいよ。いらっしゃい」とそれでも笑った。

習慣で正祐はカウンターの一番奥に座ろうとしたが、このままだと真ん中に置かれるといち早く察知した篠田がさりげなくその席に着く。せめてもの危機回避だ。

「生三つ」

大吾が勝手に三人分の生ビールを頼み、百田は気の毒そうに苦笑して生を丁寧に三つのグラスに注いだ。

「自分は今日は、帰宅して読もうと思ってた本がありましてですね」

そんなに頻繁にこの会合に邂逅《かいこう》したくないと、篠田にしては強い口調ではっきりと主張する。

「まさにその読書の話だ。あんたの方が長いだろう、校正者。そして多くの本を読んでいる読書家だ。公私の分け方を塔野に教えてやってくれ」

「はい、生三つ。今日のお通しはじゅんさいだよ」

目にも涼しい透明なじゅんさいの小鉢を並べる百田は、特に篠田を救ってはくれなかった。

「ですから。先ほど篠田さんがおっしゃった通り、私は悩んでまず真っ先にご相談しました。篠田さんがどうやって本と私を分けてらっしゃるのかも、御指南いただいております。私は篠田さんに倣《なら》うべきです」

「お疲れさまです……」

倣うべきとこの場で言われると大変居心地の悪い今日はつるに薄荷色《はっかいろ》が混じった眼鏡をかけている篠田は、とりあえず乾杯をしてこれを飲み干したら飛び出そうと算段した。

「お疲れさまです」

「ああ、お疲れさん」

泡の細やかな生ビールで乾杯して、急いで篠田がグラスに口をつける。

「どう倣うんだ」

「篠田さんは徹底的に仕事と書を分けてらっしゃいます。出版業界の方々にも好んでお会いになりませんし、仕事も持ち帰られません。私もそう致します」

「犯人はあんたか篠田さん！」

「なんの犯人なんですか……まず最初に塔野の悩みがあり、自分は過去こうしてきたと答えただけです……」

順番が見失われていますよと、感情的なあまり簡単に主題も吹っ飛びそうな勢いの二人に、篠田はそれでもきちんと説明した。

「穴子《あなご》を煮ようか」

「ああ……そんな魅惑的なことを言われると、こんなに急いで生ビールを飲み干したのに……お替わりください」

百田に穴子を甘辛く煮られては席を立てないと、観念はできないが篠田が穴子を待つ人になる。

「出版の人間に会わないのか？　あんた人好きするから、呑みたがる作家も多いだろう。ちなみに俺もその一人だ」

正祐の向こうから顔を前に出して、常々篠田と個人的な連絡先を交換したいと狙っている大吾が、呑み仲間として志願した。

「たまにおつきあいさせていただくこともあります。こうして東堂先生ともかれこれ何度か呑んでしまっているではないですか」

とても不本意ですと真っすぐ言って、篠田が百田から生ビールを受け取る。

「煮穴子の前に、スルメイカの肝のルイベでも食べておくれ」

大葉の上にきれいに溶けたスルメイカの肝が切られて、二皿に分けてカウンターに置かれた。

「これは日本酒だな。宮川屋《みやがわや》萬代芳《ばんだいほう》山廃《やまはい》仕込《じこみ》純米、二合」

「なんでそんないいところを突いて来るんですか……白井《しらい》酒造は自分も萬代芳派です」

すかさず日本酒を二合頼んだ大吾の選択に、これでは容易に帰れないと篠田は頭を抱えた。

「言いたくはないですが、自分は東堂先生の小説は好んで読んでいます。硬質でエンタメ要素も高い上に資料も濃いので」

「そりゃどうも。篠田さんに言われるとまた格別の向きがあるな」

「そういう理由で自分は校正もしたくありませんし、格別の向きだなどと大層なお言葉もいただきたくありません」

酌《しゃく》も固辞しますと、篠田が手酌で自分の猪口《ちょこ》に萬代芳を注ぐ。

「篠田さんは……敢《あ》えて東堂先生の校正を避けてらっしゃったんですね！」

いつも眠そうな瞳を、突然正祐はカッと見開いた。

「今頃気づいたのか、塔野」

言葉とは裏腹に篠田が「気づかれたか」とぼやく。

前任者が逃亡した後、後任で新人の自分が突然大人気シリーズを任せられた理由を、鈍過ぎる正祐はようやく今知った。

「なんという、篠田さんらしからぬ非道な……」

「非道とまで言わなくてもいいだろう。俺は東堂先生は普通に好きな作家なんだ。関わり合いになりたくない」

読書の邪魔だと篠田が、「宗方清庵《むなかたせいあん》」を正祐に回したことが意図的であったと居直る。

「そんなに盛大に押し付け合わなくてもいいだろうが！」

「自分は既に、好きな作家の校正をして罵倒を書き返されて地の底まで落ち込むという洗礼を新人時代に受けています。献本されてもすぐには真っ新な心では読めませんでした。ですから努力して好きな書は私生活から全力で遠ざけているんです。仕事からも可能ならそうします」

本が好きで校正者になったのだからその努力は妥当だと、篠田は正当性を訴えた。

「私も篠田さんを見習って、東堂先生を全力で遠ざけます」

「そっちは待て、塔野。混ぜるな危険だ。なんだか知らないがその話は一旦落ち着いたんじゃなかったのか。一応俺も尽力したつもりだったんだが」

酒井《さかい》と一席設けるまでしたのにとうとう最前線に巻き込まれて、いつも現実的な篠田だったがもはや前世の因業か何かかと今世を遠ざかる。

「新刊が上梓《じょうし》されて考えが変わりました。その上東堂先生が献立本を出すとおっしゃるので」

「献立本？」

「池波正太郎のことを例に出しただけだ！」

「池波正太郎はご自分で料理などなさらないから献立を書いたりしないでしょう！」

「いや、書いたよ」

元々がどうにもならない争いなので話がどうとでも横に逸れると呆れながら、校正者の習い性で篠田はつい間違いを正してしまった。

「そうなんですか？　『鬼平犯科帳』の料理帳は何冊か当たったことがありますが」

「もちろんご本人はほとんど料理はしないんだが、簡単なものは作った。そういう本が出てる。『そうざい料理帖』だ。いかにも男の料理という感じで、あれは実際作ったんだと思うよ。献立本というより、随筆だが。いい本だ」

「それは未読でした……今度読んでみます」

この世に未読のよい本があると聞けば、正祐の気持ちは簡単にそちらに移った。

「校正者にあるまじき事実誤認だな。あったじゃないか、池波正太郎の献立本が」

「……本当にあるまじき事実誤認を断言してしまいました。猛省します。東堂先生が献立本を出すのなら、猛省の証にその校正は篠田さんにお譲りします」

「お譲りしなくていい！」

反省の証に校正担当を譲られては、とんだ迷惑だと篠田が悲鳴を上げる。

「譲り合うな！」

「そもそも東堂先生は献立本を出されるんですか？」

そんな話になっているのかと篠田が、だとしたらそれは庚申社《こうしんしゃ》の仕事ではないと話の核は見失わずに訊いた。

「出さない。俺はお勝手は普通のことしかしない。俺のすることではない」

「お食事を召し上がるのはあなたも誰も変わらないことですのに、堂々とお勝手をご自身のすることではないとおっしゃるのはいかがかと思います。あなたのそうした封建的性質は、時折著しく書に反映されていますよ」

「書に反映されているならまさしくそれが俺であるということだろう。おまえの読書を邪魔することもないだろうが！」

「あなたを思い出して腹立たしくなるのでやはり邪魔です！」

まだ店内に人のいない時間とは言え、カウンターで大吾と正祐が喧々囂々《けんけんごうごう》と揉め続ける。

「塔野」

この争いは永遠に終わりを見ない、と観念した篠田が、正祐を呼んだ。

「はい」

「鞄に、昨日献本された東堂先生の新刊が入ってるんだろう？」

「そうですけれど……」

大吾本人にも教えていないことを篠田に暴かれて、正祐の声が恥じて小さくなる。

「出しなさい」

珍しい命令形で、篠田は言った。

入社して早五年。いつでも隣でよき先輩であり同僚である篠田に、やわらかい声とは言え命令形で初めて言われて、抗《あらが》えるはずもなく正祐が無言で鞄から大吾の新刊を取り出す。

昨日渡されたばかりの上製本は折り目なく美しく、カウンターの上で整然とした佇まいを見せた。

「俺からおまえへのプレゼントだ」

書類は決して入らない一回り小さな鞄から、篠田が同じような大きさのものを取り出す。

そこから剝いだ白い木綿のブックカバーを、篠田は正祐の持ち物だった大吾の新刊に丁寧に掛けた。

「これは……」

白い木綿は何も透かすことがなく、カバーにあった「東堂大吾」の名前をきれいに隠す。

「けれど篠田さん、開くと」

カバーは隠せても、開くと中扉にすぐにまた「東堂大吾」の邪魔な文字がと、正祐は篠田に開いて見せた。

「プレゼントその二」

更に篠田は自分の手元にあったクリップを取って、正祐の本の中扉と扉を合わせて重ねる。

「紙に最も影響が少ないと言われているクリップだ」

「篠田さん……なんて、素晴らしい。これなら作者が誰なのか見えません！」

表紙からも中表紙からも大吾の名前が消えて、名前が消える影響の激しい効果に正祐は感嘆した。

「そういう……問題なのか？」

自分の名前一つ消えたらいいという話なのかと、その本の著者として大吾が複雑極まりない声をカウンターに落とす。

「読書家は、特に自分たち校正者は文字には過剰に反応しますから。そもそもどの本も自分は作者が誰なのか知らずに読みたいくらいなので、このカバーとクリップは多用します」

「あんたの徹底っぷりには感心を通り越して深刻な闇を感じるな……」

そこまでするだろうかと大吾が、本を書く当事者として戦慄《わなな》いた。

隣で正祐は無邪気に、「これで大分気になりません」と篠田のプレゼントに歓喜する。

「勝手に深刻な闇を感じないでください。毎回使用するわけではありません。今回は特に強く必要を感じて取り出したものを、塔野に譲った次第です」

「一体どの本に」

特に強く必要を感じた本に興味を持って大吾が篠田の手元を見ると、カウンターには昨日上梓した己の新刊が燦然《さんぜん》と置かれていた。

「塔野ほどではありませんが、自分にも東堂先生本体はとても邪魔です」

隠し立てする義理もないしここは言うべきところだと正しく判断して、篠田が笑顔で大吾に告げる。

「ありがとうございます、篠田さん。今後東堂先生の本には全てこのカバーとクリップを使用します」

「礼には及ばん。新しいのを買おうと思っていたところだ……」

何しろ東堂先生が邪魔なものでと、猪口の中の酒を呑み干して篠田はイカの肝を呑み込んだ。

「はい、煮穴子だよ」

まあまあ和んでと百田が、やはり二皿に分けた穴子をカウンターに置く。

白いカバーで著者名の消えた本を大切に鞄にしまって、正祐は箸を持ち直した。

甘辛く煮た穴子は口の中でほろりとほころんで、やわらかく広がる。

「幸せの味がいたします」

問題が大分解決したので穴子は更においしいしと、正祐は微笑《ほほえ》んだ。

「……名前を隠したらそれでいいのか？　そもや作家とは一体なんなんだ？」

散々に邪魔にされた挙句白いカバー一つで存在を消された東堂大吾本体が、穴子に箸を付けながら困惑を深める。

「穴子は確かに旨い」

「いやあ、本当に幸せの味ですね。このやわらかい穴子は」

今夜その白いカバーを掛けた新刊を読む予定だった篠田はもう読書は延期だと、自棄《やけ》になって腰を据えた。

「おまえにとって俺は一体なんなんだ」

本に本体が邪魔だという問題が随分と薄まり穴子に幸せを見出した正祐に、根源的なことを大吾が問う。

「人です」

右隣に同僚がいるので、正祐は「とても大切な」という大切な前置きを省略することになり、左隣の大吾は情人の心がすっかり行方不明となった。

「大丈夫です。穴子と同じですよ、私は」

大吾に似合わない不安を読み取って、正祐が水を遠く離れて甘辛く炊かれてしまった穴子を頬張る。

本と二人きりの水に、本当は正祐は、戻りたくはなかった。

左の情人とともにある時間を決して手放したくはなかったのだが、水の幸いも忘れ難い大きさだった。

隣の男を愛するほどに、男の書く世界を無垢な心で泳ぎたいという無理な望みが強くなる。

仕方のない駄々だとわかっていたけれど、思いがけず仮初《かりそめ》の水を白い木綿のカバーがくれて、正祐は穴子に満ち足りることができた。

「釈然としないぞ！」

憮然と大吾が、穴子を食《は》む。

「一つや二つ、釈然としないことがあった方がいいですよ。東堂先生には」

さて次は何を呑もうかと、今夜の読書をあきらめた篠田は酒瓶を眺めていた。

「篠田さんのおっしゃる通りです」

「いんげんの胡麻汚しと、飛び魚の塩焼き」

小さく頷いた正祐の左右に、百田がまた二皿ずつ並べる。

「おやじは飛び魚が好きだな。俺はここでしか見ないぞ」

意外と珍しいものだと、生きのよさそうな飛び魚を見て大吾は力なく言った。

「なんだか先生を思い出すんだよ」

それで仕入れると百田が言うのに、納得して篠田と正祐が大吾を見る。

海の水面を勢いよく跳ねる飛び魚の姿が、確かに大吾に重なった。

「あなたはすぐに水に飽きそうですものね」

そうして足掻いて飛ぶのだろうと、大吾をよくよく理解して正祐が頷く。

「今おまえに言われると、俺は複雑を通り越して残虐な気持ちになるぞ」

今夜は学んだ指南書で散々に泣かせてやると胸のうちで決めて、大吾は飛び魚に箸を伸ばした。

「飛び魚ももう、戻れません」

焼かれていますからねと、今夜のことを知らずに正祐が微笑む。本当はこうして傍にいたいのだから、この白い木綿のカバーはただ心から有難かった。

夜の閨のことは知らないが、自分も、自分の男もとうに、「もとの水にあらず」なのは同じだと知っている。

「私も水には飽きました」

小さく正祐がそう告げると、ようやく仕方なさそうに大吾が癪《しゃく》な顔のまま笑った。

流れる水は留まらない。

色悪作家と校正者の同棲《いろあくさっかとこうせいしゃのどうせい》

処暑《しょしょ》といわれる八月後半の東京は、夜になってもまだ充分に暑い。

「どうした。浮かない顔をして」

西荻窪《にしおぎくぼ》南口居酒屋「鳥八《とりはち》」のカウンターで、いつものように情人の右側に座りながら作家東《とう》堂大吾《どうだいご》は尋ねた。

「……そんな顔をしていますか、私は」

なんでもないとは言えずに、大吾の情人であり歴史校正者である塔野正祐《とうのまさすけ》が、すっきりとした夏酒会津中将《あいづちゅうじょう》純米を傾ける。

大吾は文芸も書くが時代小説が大ヒットしている作家で、正祐はこの西荻窪は松庵《しょうあん》に佇《たたず》む歴史校正会社庚申社《こうしんしゃ》に勤めている東堂大吾の担当校正者でもあった。

「憂い帯びているといえば聞こえはいいが」

大女優である母親の塔野麗子《れいこ》に三年がかりぐらいでよくよく見れば瓜二つの正祐は、今日も蠟色《ろういろ》のネクタイがよく似合う地味な存在感を醸《かも》していて、人は顔立ちではないと情人の大吾にさえも思わせる。

「暗いぞ」

段々と物言いが雑にもなる、大吾と正祐は恋人同士になって二年が過ぎたところだった。出会ってからと数えると二年半が経った。

「はい、スルメイカのルイベ」

この鳥八の主人である老翁百田《ろうおうももた》が、薄荷色《はっかいろ》の小鉢をそっと二人の前に置く。

「これは、いくらでも酒が進んでしまうな」

スルメイカの光るきれいな肝を醤油に漬け込み冷凍されたものが程よくとろりと溶けて、百田の手で美しく輪切りにされ小鉢に盛られていた。

「箸休めに茗荷《みょうが》と茄子《なす》の浅漬けだ」

鮮やかな赤紫色の浅漬けを添えられて、正祐の顔が僅かに上がる。

「きれいですねえ」

「きれいと、そしておいしいと思えると、人はだいたいなんとかなるよ」

老いた人らしい賢明な言葉もついでのように載せて、百田は串物を焼き始めた。

「うまいか」

だいたいなんとかなるものなのかどうなのかと、大吾が正祐に尋ねる。

「まだ口に入れておりません。百田さんのお皿は、さっきからどれもいつも通りおいしいですよ。ただ」

茗荷と茄子を口に入れて、正祐がまたカウンターにため息を落とす。

「かつてなく落ち込んではおります」

呑み込んでから小さくなるばかりの声で、正祐は大吾に打ち明けた。

「だから、何があった」

「実は」

気短な言葉でも心配してもらっていることくらいは正祐にもわかって、迷いながら憂鬱《ゆううつ》のわけを語り始める。

「弟を、泣かせてしまいました」

つい先日のことを思い返して、正祐は声を細らせた。

「あの、やんちゃの塊みたいなクソガキをか。年上の子持ち美人女優を泣かせた……」

芸能一家の正祐の家族は皆何かしらの芸能人だった。五つ下の塔野光希《こうき》は大人気アイドルグループのセンターで、「宇宙の女は俺のもの」をキャッチフレーズに去年の夏には年上女優とスキャンダルを巻き起こしている。

「その話は駄目です！」

まさにやんちゃの塊の光希はとにかくファンがすごいと正祐は弟本人から聞かされていて、スキャンダル中は会社近くの正祐のマンションに密かに匿《かくま》ったほどだ。

「どうやってあんな生意気そうな弟を泣かすんだ。おまえみたいな……言ったらやんちゃの反対の兄貴が」

兄という立場であっても一度も弟と喧嘩などしたことがないイメージしか湧かないと、大吾

て、いささか酒が進み過ぎる。

「今日は実はが多いなおまえは。おやじ、山《やま》の井《い》純米二合」

そんなに大層な話だとは思えず、大吾はついでに百田に酒を頼んだ。ルイベがまろやか過ぎて、いささか酒が進み過ぎる。

「実は私は、子どもの頃から光希を何度も何度も泣かせております……数えきれないほど」

落ち込んでいる正祐にも、ルイベのおかげで酒がきれいな水のように思えた。

「は？」

年上の子持ちの美人女優と一大スキャンダルの渦中にいた光希と、大吾は何度か正祐のマンションで食事している。目の前のたおやかという言葉も似合う情人が、あの生意気そうな弟を何度も泣かせたとはとても信じがたかった。

「あの子がよく泣くとも言えますが、母や父に叱られて泣いているところはほとんど見た覚えがなく。姉に対しては要領がよいというか、姉の攻撃は私に集中いたしまして」

正祐の姉の塔野萌《もえ》は実力派女優として名高いが、大女優の母の美貌が無用の弟正祐にまっすぐ遺伝したことを恨んで子どもの頃から折檻三昧《せっかんざんまい》だった。

「だから私は、『山椒大夫《さんしょうだゆう》』よりは『高瀬舟《たかせぶね》』により共感するのかもしれません」

森鷗外《もりおうがい》の説経節《せっきょうぶし》の二題を、正祐が口にする。

この二作は大吾と正祐の間ではよく話題になる名作で、「山椒大夫」は安寿《あんじゅ》と厨子王《ずしおう》という姉弟の悲劇、「高瀬舟」は高瀬川を下る罪人とその弟の物語だ。

「姉は恐怖刺激なんだな、おまえには。だが、弟はそんなに何度も泣かせたとは思えないほどおまえを好いて見えるが」

何気なく言った大吾を、じっと正祐が見つめる。

「……なんだよ」

「好いているということと泣くということは一体だと、私はあなたと出会って学んだところです」

更にため息を深めて、正祐はいつの間にか置かれた手元の山の井を呑んだ。

「ふうん」

自分のことを言われているとは大吾にもわかったが、そこは藪《やぶ》だと知って突かない。

「先日、箱に詰めて実家に送ったばかりの『ヴィヨンの妻』を不意に読みたくなって。文庫なので買ってしまおうかと思ったのですが」

「よくあることだな。あの手の文庫はついそうして何冊も買ってしまう」

版権も切れているから一冊が数百円なので、大吾も倉庫まで取りに行くより安いと億劫がって同じ本を増やすのは全く同一の行動原理からだった。

「ええ。けれどその怠惰を自分に許し続けると太宰治《だざいおさむ》や芥川龍之介《あくたがわりゅうのすけ》、森鷗外が無限になってしまうと一念発起して実家に取りに行ったのです」

まろやかなルイベを山の井で流しながら、正祐は「先日の出来事」を大吾に語り出した。

白金《しろかね》の自分にはとても不似合いに思える実家に帰るとき、必ずメールをしろと正祐《まさすけ》は弟の光希《こうき》に言われていた。

けれど思えば、実家を出て鎌倉の祖父を喪って正祐が長い通夜をしていた数年毎日何通も届いていた光希からのメールが、ふと途絶えていた。

「あの重力不明の謎のステージ衣装に言葉を尽くす日々がいつの間にか……」

いつの間にかその習慣がなくなっていたので光希との約束を忘れて、迂闊《うかつ》に実家のもとの自分の部屋のドアを正祐は開けてしまった。

つい最近段ボールにきっちりと詰めて送った、太宰治《だざいおさむ》作品「ヴィヨンの妻」のために。

「……あ……」

先に声を上げたのは光希だった。

父は映画監督、母は大女優、姉はとっくに実家を出ていて弟はスーパーアイドルなので、この家は家族が一人もいないことも多く、今日はそうした日かと思って正祐は二階まで上がった。

そしてドアを開け、部屋の真ん中に座り込んでいる光希にただ目を瞠ったのだった。

「違うんだ……正祐……俺、こんなことは……」

こんなことと恐らく光希が言ったのは、正祐が書棚にきっちり収めた挙句入りきらない本を段ボールに几帳面に詰めて管理しているものを勝手に開けてしまい、あまりにもきっちり詰められているものだからどうにも元に戻せず室内に二百冊を超える文庫が散乱している様のことには間違いない。

「こんなこと、したことないんだ……信じてくれ……ただ」

兄よりとうに身長も高く伸びて鍛えた体も強靱《きょうじん》で、今は仕事のためか黒く染めている髪が長く掛かった顔立ちも随分精悍《せいかん》になった二十四歳のスーパーアイドルは、地味なスーツで入り口から動かない兄正祐に腰を抜かしていた。

「ただ、何？　光希」

続きを全く継げられなくなった弟に、凍るような声で兄が尋ねる。

「ただ……来年……俺、『三四郎《さんしろう》』主役……やることになって……」

夏目漱石《なつめそうせき》の前期三部作の長編小説のタイトルを、震えながら光希は言った。

「シナリオ、貰ってるんだけど原作読んでおこうと思って……か、買えばよかったんだけど絶対おまえ……持ってるだろうって、ちょっと部屋を……」

「ちょっとお兄ちゃんの部屋を覗いたら、すぐに『三四郎』が出てくると思ったの？」

何故《なぜ》そんな愚かなことをとまでは、兄は言わなかった。

何千冊という蔵書の中でも、正祐は「吾輩は猫である」への強い恨みが伴って好きになれない夏目漱石を最近大吾《だいご》との口論のために再読したこともあって箱の奥深くに詰めていた。

それでも正祐自身はいつでもすぐに何処《どこ》に何が入っているかわかるように、秩序をもって箱に詰めてその箱に番号を振り、手元に何番の箱には何が入っていると覚書をしているのでもちろん訊いてくれればどの箱に「三四郎」が入っているのかはわかる。

「俺、文学作品の主役やるの初めてだから……おまえの本勝手に触ったのなんかガキの頃以来初めてなんだよ……おまえがどれだけ本を大事にしてるか俺は死ぬほど思い知ってる……から……」

その収拾がつかなくなった本を元に戻そうとしてどうにもならず既に半べそだった光希は、

「出来心だ！」と兄に訴えた。

弟に悪気がないのは、正祐にもよくわかった。光希の言葉が言い訳のようでいて全て本当だともよくわかった。

命より大切に思うこともある蔵書を部屋中に散乱させている弟に怒るなどと、大人気がないにもほどがある。

そう頭で考えているとき既に、能面のような顔が角度によっては般若《はんにゃ》に近づいていることには、正祐は気づけなかった。

能面とはそもそもそうして、角度によって鬼にも仏にも母にも見えるように造られているものだ。

「正祐……ごめん……」

いつでもやさしい兄がそんな顔をするところを、光希は本絡みでしか見たことはないが見るのは初めてではない。

「何故、『三四郎』などをドラマにするのか」

何か言ってやらなければと正祐なりに必死に考えた結果、声になったのは夏目漱石作品への率直な感想となってしまった。

「う……うわーん」

二十四歳の弟は、うずくまって子どものように声を上げて泣いた。

「ちょっと！　どうしたの光希!!　正祐、あなたまた弟を泣かせたのね！」

いつの間にか帰宅していた母親の麗子《れいこ》が、階段を駆け上がって兄を叱る。

麗子が「また」と言ったのは、兄弟が幼い頃に全く同じ光景を何度も目撃していたので事情は察してのことだった。

「はい……申し訳ありません、母さん」

「麗子ー！　正祐がー！　正祐がー!!」

「ごめん、光希。そうじゃなくてお兄ちゃんは夏目漱石が好きじゃなくてね……」

わんわんと泣いた光希に正祐は謝ったが、「何故、『三四郎』などを」は更に取り返しのつかない失言となって弟を深々と傷つけたのであった。

「おまえ……」

一部始終を聴いて、大吾《だいご》は情人のその残酷さに息を呑まざるを得なかった。

「私も心から反省しています」

「それはその浮かない顔にもなるな！　しっかり謝ったのか‼」

「理由を語って聞かせて散々謝ったのですが」

それが失敗に終わったことは、聞かずとも正祐《まさすけ》の声に現れている。

「そもそも私は夏目漱石《なつめそうせき》には冷淡で、だから『三四郎』などと言ってしまっただけで。せめて『坊ちゃん』ならと思ったけれど、よく考えたら光希《こうき》にはぐずぐずした迷える子羊の三四郎がよく似合っているよお兄ちゃんは考えが足りなかったと……言ったらもう二度と口をきいてくれなくなりました」

「当たり前だ！」

青春小説でありながらも澱《よど》んだ雰囲気を醸《かも》す「三四郎」より万人に愛される「坊ちゃん」ならという正祐の思いが、まず今から原作を読もうとしていた光希に伝わる訳がなかった。

「私は言葉が下手なので、メールを書いた方がいいかと思い。パソコンからいかに光希が迷える子羊で三四郎的かということを長文に綴《つづ》って」

「送ったのか」

「まだ書いている途中です」

「悪いことは言わん。やめておけ」

何度も顔を合わせて食事をした光希が心の底から気の毒になって、大吾が珍しく親身に強く言う。

「メールでは送らない方がいいような気はしていました。実家に謝りに行きます」

「少し時間を置け。感情的になってるときはそっとしておいた方がいい」

「随分と弟を思ってくださるのですね」

「人間として当然の感情だ」

傲慢《ごうまん》で豪胆な大吾を以てしてそこまで言わせることをしてしまった、かわいい弟にと、正祐の反省は更に深まった。

「ちょっと揚げ物でも腹に入れなよ」

聴こえていたのだろう百田《ももた》が、苦笑してメヒカリの天ぷらに塩をして置いてくれる。

「ありがとうございます」

天ぷらを出されたことで、落ち込みとルイベの相乗効果ですっきりした夏酒がいつもよりすいすいと入ってしまっていると、正祐は気づいた。

気づいても、入った酒は体を巡るばかりだ。

「……そもそも、いつまでも実家に部屋を残している私の自立心のなさが大切な弟にあんな思いをさせてしまったのです」

元はと言えばと、正祐は三十近くなって実家にまだ自分の部屋があることを猛省していた。

「まあ、確かにそれはな。ただ」

ただ蔵書の数を思えば自立心がないとは責められないと、借家の一軒家からはみ出した本を倉庫に入れている大吾には、心は最初から自立している正祐らしからぬ在り方には深い理解がある。

「私も倉庫を借りるべきだと思い、今探しているところです」

「それはおまえ、今すぐはやるなよ」

「どうしてですか」

「弟が自分のせいだと思ってもっと泣く」

なかなか対人感情を学び切れない正祐に、大吾もとうとうため息が出た。

「……そうですね。まずは口をきいてもらわないといけません」

「？　どうしたおやじ」

浮かない顔だが解決できないことではない正祐の話を聞きながら、大吾が気になって時々見ていたカウンターの中の百田に声を掛ける。

「……大丈夫ですか？　百田さん」

大吾の声にずっと俯き加減だった正祐も顔を上げて、百田が不自然に立ち止まったままでいることに気がついた。

「いや、ちょっと膝がね。年寄りだから、あちこちガタはきてるんだよ」

ゆっくりと足を摩って、百田がいつもと変わりない声を聞かせる。

「ぼちぼち閉店だな。おやじ、勘定」

「はいよ」

無理をさせるより早めに出るのが一番だろうと書付を指した大吾に、百田の声はちゃんと張りがあった。

「ご無理なさらないでくださいね」

だが百田自身が言うように年は取っているので、一人でこの店をやっていることに心配は尽きない。

「大丈夫大丈夫」

「正祐」

笑う百田を心配そうに見つめている正祐を、大吾は呼んだ。

「はい」

「ちょっとうちに寄っていけ。話がある」

話があると改めて言われると、たいていの者はよい予感がするものではない。

それは人の機微に疎《うと》い正祐でも同じで、不安を高めて小さく頷いた。

「それにしても、『ヴィヨンの妻』がそんなに読みたかったのか？　太宰《だざい》は確かにいつ読んでも興味深いものだが」

西荻窪《にしおぎくぼ》の暗渠《あんきょ》が埋まっている松庵《しょうあん》に向かって夜道を歩きながら、大吾《だいご》は正祐《まさすけ》に尋ねた。

「以前も申し上げました通り私は『トカトントン』が好きで、その再読に集中して表題作の方をいつも読まなかったとふと思って」

静かな住宅街を、静かに話しながら歩く。

「そう思ってみたら、とにかく『ヴィヨンの妻』が読みたくてたまらなくなっただけです」

歩くと余計に、ルイべと光希《こうき》の話題のおかげでいつもより呑んだ酒が、正祐の体を巡った。

「まあ、読書欲とはそういうものだな」

理由を求めたり何故《なぜ》と解いたり自分たちは日常的にし過ぎていると、シンプルな正祐の答えに納得して大吾が自宅玄関の鍵を開ける。

「お邪魔いたします」

正祐以外の人間には、「何故大人気シリーズを何作も持っている東堂《とうどう》大吾がこんなあばら家に」と首を傾げられる借家の日本家屋だ。

二階建てだが広くはない。だが正祐はこの家の風情《ふぜい》が好きだし、大吾自身気に入って住んでいた。

「……あの」

それでも、無言で大吾が居間の襖《ふすま》を開け放つのに、困惑して正祐は立ち尽くした。

「タイミングがいいと思ってな」

今日のルイベは本当に酒をきれいな水に変えてしまい、大吾もいつもより多少酔ってはいた。

「何がですか……」

小さいけれど美しい庭を望む、祖父の遺言の掛け軸が床の間に掛かり紫檀《したん》の座卓がある和室には、衣装ケース二箱分の本が見事に散乱している。

「上田秋成《うえだあきなり》ばかり読んでいると気づいて、曲亭馬琴《きょくていばきん》の『南総里見八犬伝《なんそうさとみはっけんでん》』が読みたくなった。そこから、馬琴の挿画を描いていた葛飾北斎《かつしかほくさい》について知りたくなった。この辺りの箱に様々詰まっていたと倉庫から自力で送り、読み耽《ふけ》った」

「北斎の生涯は、追えば追うほど興味深いものでしょうね」

富嶽《ふがく》三十六景を描いたことで有名な浮世絵師葛飾北斎は、江戸時代としては随分と長寿で九十歳まで生きた。相当な変わり者で揉め事も逸話《いつわ》も多いが、ひたすらに絵師としての生きざまを貫いたと云われている。

「倉庫など借りても、結局読みたいとなれば持ってきてこうだ」

座るところは勝手に見つけろと、灯りだけつけて窓辺に大吾は腰を下ろした。

「人が聞けばあなたを居直り強盗だと思うでしょう」

しかしこの風景はとても落ち着いてしまって、その隣に小さくなって正祐も座る。

「けれど私は自分が同じことになるのが想像できます」

人が、と言ったのはそういうことで己は大吾を非難する気はないと、正祐は紙の匂いにややうっとりとさえしていた。

酒の力も手伝っての危険な多幸感だ。

「ちょうどいいと思わないか」

「何がですか?」

突然結論を言った大吾の意図が全くわからず、正祐が隣の男を見上げる。

「馬琴、北斎、さすがにここまで広げてとうとう俺も考え始めた。書庫と書棚の充実した家を建てることを」

「それは……素敵ですね。バベルの図書館のような」

ホルヘ・ルイス・ボルヘスの短編小説のタイトルを正祐は口にしたが、「バベルの図書館」は読書家には憧れの螺旋《らせん》建築だが幻想的過ぎた。

「もっと現実的な家だ。本は分類して、頑丈で使いやすい本棚を設計した書庫を作りたい。おまえのおじいさまの家にそんな書庫があったと言っていたな」

「ええ、懐かしいです。祖父は文学館の学芸員でしたから、本は図書館のようでいてなお探しやすく分類されていました」

「その本は、どうした」

亡くなった祖父の蔵書の行方を、大吾にしては控えめな労《いた》わりのある声で尋ねる。

「……私に本棚一つ分遺してくださって、後は祖父が寄贈をする先をきちんと決めていました」

大量の蔵書が遺れば、それにまた正祐がしがみつくときっと予期したのだろう老人の聡明な思いやりに、大吾は小さく息を吐いた。

「俺は遠野《とおの》の蔵を閉めて、固定資産税を払いながらそのままにしてある。無論、譲り受けた本はこっちに持ってきているが」

「固定資産税を」

遠野の家は閉めたと聞いていた正祐には、その話は初耳だった。

「あの家はあのままにしておく」

いつか遠野に暮らすともなんとも言わず、「それは別の話だ」と大吾は終わらせた。

「バベルの図書館か」

さっきは否定した正祐の言葉を、いい夢のように大吾が自分の声に直す。

「無限に近い書庫だ」

読書家には危険な無限思想を、正祐はただうっとりと聴いた。

「ちょうどいいと思わないか？」

最初に言った言葉を、また大吾が正祐に聴かせる。

「何がですか？」

「無限の書庫に、お互いの蔵書を全て並べる」

笑って大吾が、珍しく少年のような目をしたので、正祐は何か遊び言葉なのかと誤解しかけた。

「あらかじめ俺とおまえの本が入る家を建てるんだ。そこで一緒に暮らさないか」

迷いもせず大吾は、その夢の家で同居することを正祐に提案した。

「……一緒に、ですか？」

全く想像していなかった正祐には、逆の戸惑いしかない。

「ああ。俺は二年以上こうしているおまえを、生涯の伴侶と思っている。三十を過ぎて、書庫を兼ねた家を一から建てようと考え始めた」

一息に語られた言葉は、正祐にはあまりにも情報が多すぎた。

大吾は自分を生涯の伴侶だと断言する。

何処《どこ》にも根付かないように見えてそれが時々不安になる男が、家を建てると言う。

その家には夢幻のごとき書庫があり、悩ましい自分の蔵書も全てそこに並べてくれると言う。

「いやか」

答えないで固まっている正祐に、いつもよりは多少弱い声で大吾は訊いた。

「いいえ」

固まるのは当然のことを言われたのに、「いやか」という問いはシンプル過ぎて「はい」「いいえ」を反射で返してしまう。

「……そうか。よかった」

驚いたことに大吾が断られる不安を持っていたと知らされて、正祐は胸がしめつけられるように目の前の男が愛おしくなった。

恋人同士とはいえそうした激しい歓喜の感情には欠けていた二人には、これはとても危険な盛り上がりだとはどちらも気づいていない。

生涯の伴侶と決めた情人との同居に、無限書庫がついてくる。もはや何がメインで何がおまけか誰にもわかったものではない。

その上二人ともがいつもより酒を呑み過ぎていた。

「否と、私が言うと思ったのですか？」

まさか我が傲慢な王ともいえる男がそんなことをと、正祐の瞳が揺れた。

「俺には思いもつかない理由でおまえは嫌だと言うだろう、いつも」

そう言われなくてよかったと、大吾が正祐の肩を抱く。

ゆっくりと口づけようとした恋人の顎を、しかし正祐ははっとして押し返した。

「あがっ。……なんだよ！」

「でも、待ってください。思いもつかない理由というよりも、情けない理由ですが。私にはその夢の書庫に参加できる経済力がありません」

「それは」

もともと書庫自体は一人でも建てようと思っていたので経済的には全く期待していなかった大吾だが、それを言うのは収まりが悪いとはわかる。

「おまえは家賃を払う形でもいい。俺も何しろ昨日今日この有様にして」

目の前に広がる江戸時代化政《かせい》文化の乱舞に、大吾はもう明かりを消したくなった。

「すっかり嫌になって昨日今日家を建てることを思いつき、おまえも実家の書庫を引き払いたいというから今この場で本格化した話だ」

言ってしまうと高校生より刹那的だが、その夢の書庫は恋よりも二人を盲目にしていて刹那に気づくこともできない。

「実家の本をきちんと引き上げられれば、もう光希にあのように広げられる心配も……いいえ！　あのように成人した弟を泣かせてしまうこともうありません」

先に本音が出てしまったがかわいい弟を泣かせたことは心から胸が痛く、正祐はらしくなく声を大きくした。

「その経済的にというのも、無理のない範囲でこれからの相談だ」

今思いついた割に大吾の中では経済的な問題は最初から片付いてしまっていたが、それを言うと光速で破談になる予感くらいはして、正祐への報告は後回しに決める。

「俺はなんでも即断する」

しかし後回しにした結果の想像は大吾にはつかず、躊躇《ためら》いというよりは将棋や囲碁を指す感覚が残った。

「だがこれは走り出したら止まらない計画だ。二人分の書庫のある家を設計して土地を買い、建築する。少し慎重に検討しよう」

「おっしゃる通りです。今私は目の前に無限の書庫が広がっていましたが」

すっかり書庫に取りつかれていたが、大吾が言うような手順を踏むときちんと考えたら、正祐はむしろ引け腰になった。

「書庫以前に、何年も一人暮らしをしていた者同士が同居をするんだ。情人とはいえ、同じ屋根の下で暮らせば想像もつかないこともあるかもしれない」

実際、大吾はまだ何も想像していなかった。

「本当ですね……」

「試しに明日から二週間、ここで共に寝起きしてみよう」

慎重と即断が同居している大吾は、明日からここでと提案する。

「明日、ですか。今は時期が悪くはないですか？」

突然明日と言い出すところがまず自分の男であったと、夢の書庫から正祐も現実に還り始めた。

「何故だ」

「……スケジュール調整のことは、公私分けなければなりませんが。私は先日あなたが書き上げた『寺子屋あやまり役宗方清庵《むなかたせいあん》』二十二巻の校正を」

「終えたところだから今日鳥八《とりはち》でメシを食ったんだろう」

「あの」

そこは、大人気シリーズ「寺子屋あやまり役宗方清庵」の作者と担当校正者という関係なので、敢《あ》えて言わずとも「今日夕飯を」「明日泊まれる」となると、お互いの仕事がどういう状況なのか言葉は必要なく察せられるはずだった。

「私はあなたに私の校正のルールについて、詳しくお話ししてきませんでしたが」

「……この上俺に秘密があるのか⁉　出会って二年半が経って！」

公私を分けるのが難しい情人だからこそ、お互いの仕事については既に何もかもわかり合っているものと、大吾の方では決めてかかっていた。

「秘密ではありません。自分なりの手順、私のルールです。私は会社の三階にある書庫があってなんとかやれているというキャリアの校正者ですから、会社で校正は一度結末まで終えます」

話しながら、正祐はできればこの自分だけのルールについて大吾に打ち明けたくはなく、言葉に詰まる。

「それで」

「そこまでの校正作業を、期日より早く上げる努力をしております」

だが、本当に同居することになればこのルールを隠し通すことは無理だと観念して、口を開いた。

「可能であれば一日空けて、もう一度頭から冷静に見直します。俯瞰《ふかん》になれますし、そのときが最も集中するので自宅にも持ち帰ります」

初めて聞かされた正祐のやり方に大吾は一瞬目を瞠《みは》ったが、理由は作家としてもよくわかることだった。

「なるほど。作業的な部分は作業としてこなし、一旦冷静になる。すると今日俺とメシを食ったのは」

その「一日空ける」日だったわけで、それはこの二年の間に知らず何度かあったとなると、大吾も理解しながら複雑な心境にはなった。

「……早速不機嫌にならないでください」

「不機嫌になどなっていない。おまえの校正者としての意識が俺が知るより高かったことに感心しているだけだ」

半分は図星の不機嫌だったが、こんなところで突っかかっていては先に進めないと、半分の本音を大吾が憮然と告げる。

「ご理解、ありがとうございます。ですから、これから私はあなたの作品の校正の仕上げに入るところです。不適切でもありますし、鳥八《とりはち》でお会いしてさえ喧嘩になる頃です」

避けるべきだと、明日からという大吾に正祐は首を振った。

「それも丁度いいだろうが。ずっと一緒に暮らせるかという試しなんだぞ？　一番悪い時に様子を見ないでどうする」

「言われれば確かに」

何が言われれば確かになのかと、正祐の同僚の聡明な男篠田和志《しのだかずし》がいれば言ってくれただろうが、もちろんこんなことは篠田の知ったことではない。

「俺は俺でその校正が編集部にいって戻るまでに、短編小説にかかる。執筆中には俺はおまえに会いさえせずにきた。いいタイミングだ」

「そう……です、ね」

いきなり高く飛ぼうとするのは、目の前の男の悪い癖だ。

いや、男子の危うい遊戯に近しいとは、正祐はこのとき書庫に囚われて思い出せなかった。

「一つルールを作ろう」

飛ぼうとしながらも、大吾が三十を過ぎた男なりの思慮を覗かせる。

「一つで足りるものではないでしょう」

「今後のためのルールは、この同居期間に作ればいい。なんならそのための同居だ」

「そうですね。問題や必要なルールは、試してみないとわからないものです。私は家族以外の人と暮らした経験もありません」

今は何も思いつかないと正祐は心細くなり、大吾は唯一考えられることを思っていた。

「とりあえずのルールは一つだ。二週間、お互い不要な外泊はしない」

「……どういうことですか？」

「仮の同居だ。嫌になったらやめるのは簡単なことだろう。おまえのマンションはすぐそこだ。おまえも帰りたくなれば帰れるし、俺も帰れと夜中でも言える」

小学生に幽霊マンションと謳《うた》われている正祐の住居は、大吾の言う通りほんの目と鼻の先にある。

「三日で終えたらなんの意味もない」

大吾が唯一今想像していたのは、あっという間に正祐が「実家に帰らせていただきます」とこの家を飛び出していく姿だった。

その大吾の考えはきちんとした想像というよりも、さすがに三十年以上男をやってきた上での経験が遠くから鳴らす警鐘のようなものでしかない。

「あなたはそんなことをおっしゃいますが」

一方、大吾よりはそうした細かな想像をするはずの正祐には肝心の経験が何一つなく、二年以上二人で過ごしてきて最近自分たちは穏やかだという感触を得ていた。

「……私たち、最近仲睦《なかむつ》まじくはないですか。こんなことを言うのはお恥ずかしいですが」

「言われればそうだな」

本当に恥じ入って俯いた正祐が、大吾にはとても愛おしく思えた。

「喧嘩という喧嘩は、さすがにし尽くしたのではないでしょうか」

「おまえはこの間、俺の小説に俺が邪魔だから別れたいと言い出したしな。あれは喧嘩の果てだっただろう、確かに」

「申し訳ありませんでした……」

駄々のような幼さで大吾を悲しませたことはこの夏のことで、反省は絶えず正祐がまた俯く。

「そこが一番大きな山だったんじゃないのか、俺たちの。出会って、二年半だ。山を越えたからこそ、同居しようと思えたんだろう」

今この場で化政文化が派手に散らかっていてすっかり嫌になったからの思い付きだとは、大吾は都合よく忘れ果てた。

「そうかもしれませんね」

正祐もまた、実家で本を巡ってかわいい弟を泣かせてしまった故にバベルの図書館に取りつかれていると気づけていない。

良しにつけ悪《あ》しきにつけ条件が出揃ったところに、程よい適量をすっかり超えた酒が回った二人だった。

「睦まじく暮らせるだろう」

東堂大吾三十三歳。

「ええ」

塔野《とうの》正祐、もうすぐ三十歳。

三十にして立ち四十にして惑《まど》わずと言った孔子《こうし》も、四十過ぎても惑いっぱなしだったという知識だけはお互い持っている。

知識は情人との明日にこの場合ほとんど役に立たないと気づかぬ自らの若輩《じゃくはい》を、恥じるのは二人とも光よりはゆっくりのこととなる。

「どうした。浮かない顔をして」

昨日も聞いた言葉を、西荻窪《にしおぎくぼ》松庵《しょうあん》に庵《いおり》のように佇《たたず》む歴史校正会社庚申社《こうしんしゃ》の二階で、金曜日の午後の始まりに正祐《まさすけ》は隣の席の同僚から掛けられた。

「何か、既視感のある言葉です」

平素より地面から十五センチ程度浮かんだ発言をする同僚に慣れている篠田和志《しのだかずし》だが、今日の正祐はどうやら五十センチから一メートルは浮いていると軽く兜《かぶと》の緒を締める。

「夢のような夜。素晴らしい夢を見たような夜が明けた日というものは、こういうものでしょうか」

いや三メートル超えだと修正して、篠田は季節に合わせた紺藍色の眼鏡のつるを掛け直した。

「いい夢を見て、それが夢だったからがっかりしてるのか？」

こうして並んでいるデスクから同僚に声を掛けるとき、篠田はタイミングを見計らってお互いの休憩だと考えていたが、ここ二年程は特に心は休まらないことの方が多い。

「いえ。どちらかというと」

いつも堅実で頼りになる同僚であり先輩としても尊敬する篠田に問われて、正祐は心の中で「いっそ夢であったなら」と呟いてしまった自分に大きく首を振った。

「……どうした」

その情緒不安定な様子に、親身になって訊いてやるのは親切が過ぎると内心篠田は思わざるを得ない数年を過ごしている。

「素晴らしい夢のようなことを昨日、私自身が言葉にしたのですが。朝がきてみると、現実であったことに何故《なぜ》だかこう」

気持ちが塞いでと言うのは大吾《だいご》に悪いと思い、正祐は誰が見ても「浮かない顔」を篠田に向けた。

「夜に書いた手紙みたいなものかな」

真夏でもワイシャツに銀鼠色《ぎんねずいろ》のネクタイを締めている正祐に、篠田が苦笑する。

「ああ……まさしくそういう後悔です」

とうとう正祐は、はっきりと後悔と言ってしまった。

「ヴィクトル・ユゴーが『レ・ミゼラブル』の中で書いているな、『彼はよく眠れた。夜は助言を与えるというが、夜は心を和らげると付け加えることもできる』。ユゴーというか、ことわざだ」

「夜は助言を与える、フランスのことわざですね。それは夜に考えるべきだと捉えるのでしょうか」

そうであってほしいという願いを込めて、正祐がその可能性を声にする。

「または一晩眠ってから決めろか、どちらかだろうが。俺は後者を推す。……何か大事なことを決めたのか？　決めてしまったならそれはいいことだと思えよ」

推す、と言ってしまったことをはたと後悔して、何を決めたのか聞かされる前に篠田は闇雲に正祐を励ました。

「篠田さんは、大事なことは一晩眠ってから決められるのですね」

「まあ、そうだな。それはだが、俺の性格の話だ。即断しない。一般論じゃないよ」

即断という言葉も既視感があると眩暈《めまい》を覚えてから、いや、大吾は「自分は即断する人間だが今回はしない」と言ったのだと正祐が心を立て直す。

「私は自分の人生にそんなに多くの大事な決断が今までなかったと、気づきました。たった今」

「たった今……俺の隣で、三十年近く生きたおまえがそんなことには気づかないでもらいたいが」

「進学や就職に、そんなに高望みしなかったということだと思います。自分で決められる人生の岐路《きろ》は本に関われればそれで充分という中で、比較的堅実な選択をしていて。思えばここへの再就職が最も高望みで幸運でした」

そうでない岐路は、祖父との死別以外は全て大吾とともにやってきていると、正祐は深すぎるため息を吐いた。

情人が現れてからの岐路は、堅実な選択をする前にだいたいは大吾が決定を言い渡す。その典型的な出来事が丁度二年前の、初めて大吾と行為に及んだ夜だ。

だが今までと違って、今回の試験同居に正祐は積極的だったはずだった。

「参考までに聞かせてください。篠田さんは何故夜決めないのですか？　夜は攻撃性が増すとはいいますね。交感神経が過敏になると、何かで読んだことがあります」

尋ねながら正祐が「何故夜に決めた」と自問自答を心で交える。

「単に、見えないからだな。見えないから夜は決めない」

交感神経のことまでは考えていないと、篠田は肩を竦めた。

「心の問題ですか？」

「いや、真っ暗だろ？　夜って。夜明けとともに、見えなかった全てが見えてくる。昼間の光の下での情報量は夜の比にはならないくらい多い」

夜と朝の違いをシンプルに語られて、正祐の気持ちが夜のように落ちる。

「見えている状態で決めた方が間違いはない。という物理的な話だ」

「篠田さん」

それだけだよと掌《てのひら》を見せた篠田を、正祐は恨みがましく見つめた。

「それは昨日の夜、言っていただきたかったように思います」

「無茶を言うなよ。おまえはまだ三十前だ。この先も人生の大きな決断は待ち構えているだろうから、そのとき応用してくれ」

そして今回の決断内容は聞かないと、篠田が鉄壁の防御をする。

「確かに、おっしゃる通りです」

金曜日の今夜から二週間の試験同居に入ることは決めてしまったが、まだ本題の一緒に暮らすかどうかを決めるのはその後だったと、正祐は顔を上げた。

「仕事に集中します。本当は今日、終わらせたかったのですが」

目の前の、昨日大吾に話した「寺子屋あやまり役宗方清庵《むなかたせいあん》」二十二巻の最終見直しを、大吾の家に持ち込まなければならないことが何より正祐の気持ちを追いつめていた。

「だが、いつもならおまえ。それは持ち帰って土日に集中して確認するんじゃないのか？　何か予定でも入ったか」

仕事の話ならいくらでも相談に乗ると、校正に対しては篠田は前向きだ。

「私も、篠田さんのように仕事を持ち帰らない校正者を目指します。今後は」

そもそもこのやり方では本当に同居するとなったら殺し合いになる可能性も否《いな》めないと、机の上の東堂《とうどう》大吾の小説に正祐が戦慄《わなな》く。

「何か引っかかってるようだな。二十二巻」

「よくおわかりですね……さすが篠田さん、相変わらずの千里眼」

「間違いはいちいち訂正させてもらう。俺は千里眼は持っていない。ずっと前半部分で止まっていたのを、隣で察しただけだ」

まさに指摘された前半部分に引っかかる箇所があり、だがいつものようにはっきりした間違いだと鉛筆を入れることを正祐は躊躇《ためら》っていた。

「ただ、編集者の方が吟味《ぎんみ》する領域にも思われまして」

「そこは鉛筆を入れておけば、犀星社《さいせいしゃ》の酒井《さかい》さんが先生に伝えるかどうかは決めるだろうから構わず入れるところじゃないのか？　普通は」

校正者の仕事としてごく当たり前のことを、不思議そうに篠田が言う。

基本、小説は作家が脱稿したら出版社の担当編集者がきちんと一読する。その時点で明らかな誤字脱字、事実誤認は担当編集者が赤を入れてくる。その一度見直された原稿に担当校正者が校正校閲《こうえつ》とともに歴史校正を鉛筆書きで入れて、その鉛筆書きが過分や蛇足だと判断したら担当編集者が消して作家にまた戻すという手順になっていた。

普通は。通常は。広くはそういう手順になっている。

「今日、犀星社にお戻しできたなら私は」

今夜作家と同じ屋根の下でこの問題と向き合わずに済んだものをと、試験同居一日目の何がタイミングがよかったというのか、早速巨大な後悔にとうとう正祐は頭を抱えた。


一度マンションに戻り、大吾《だいご》が唯一作った「期間中不要な外泊はしない」というルールのために、正祐《まさすけ》は一切合切を運ぶことになった。

もう一つ大吾に言われた「あるもの」が、荷物の中に入っている。何故《なぜ》その指定をされたのか、まだ正祐は説明されていないがすぐに出てきたので入れるのは簡単だった。

そして辞書類や衣類だけでなく、不経済なので冷蔵庫の電源を抜いて食材も運びたいと昨日大吾に話しておいたので、夜道を二人で台車を押しての本物の引っ越しのような体《てい》になった。

「すっかり遅くなってしまいましたね。それでは私は仕事に入らせていただきます」

大吾の家の紫檀《したん》の座卓で、正祐が作り置きしていた総菜で午後十時に二人は夕飯を終えた。

「ああ、すまんな椅子のある机が俺の仕事部屋にしかない。居間の半分をおまえの部屋と考えてくれ」

「わかっております。玄関側半分ですね」

そこに辞書類と衣類の全てを置いて、正祐はもう紫檀の座卓に校正原稿を置いている。

この家の家主、東堂《とうどう》大吾の十月の新刊「寺子屋あやまり役宗方清庵《むなかたせいあん》」二十二巻だ。

もちろん正祐も、すぐさま仕事に集中できるはずはなかった。昨日まで自分は情人の客としてここに来ていたのに、突然今この時から居間の半分がおまえの部屋だと言われて落ち着けるわけもない。

「……今日、お考えになったんでしょうね」

窓辺で読書に集中しようとしている大吾に聴こえないように、小さく正祐は呟いた。

昨日思いついた試験同居に計画性がないのは、お互い様とも言える。

だが正祐の方では、大吾が恐らくまだ考えていないだろう問題について頭を悩ませていた。

第一が目の前の仕事だが、第二に台所問題がある。

正祐はこの家の台所には胡瓜《きゅうり》一つ切るためにも立たないと決めていて、本当に立ったことがない。だが日頃自炊している正祐がここに二週間も住んで、一度も台所に立たないことは無理だ。しかし一度立ってしまったら、同居しようがするまいが正祐が台所に立つということが大吾にとって「あり得る」または「当然」となることだけは、経験値のない正祐にも容易に想像がついた。

「経験値は無用。私があの人を知っているということです」

考えた末、初日から結論が出てしまわないように、正祐は冷蔵庫の中身を運べる限り運ぶことにした。

作り置きのものを皿に並べたことは台所に立ったとはカウントしないと、己だけで決定した。

決戦、いや、この話の本番は作り置きの総菜が尽きたときに後回しだ。

肝心なことをプランもないまま先延ばしにするのは自分らしくないと思えたが、恐らく大吾はもっと考えていないに違いない。

「……いけない。この集中力では月曜日になってしまう」

土日がふいになるとハッとして、正祐は無理矢理頭の中から台所と総菜と大吾を追い払った。

大吾は追い払いたくても窓辺にもいるし、紫檀の机の上にも在る。

だが紫檀の上の東堂大吾は正祐にとって作家であり、また江戸の世界の物語なので、全力を尽くせば原稿には意外にもすぐに入り込めた。

一旦入り込めば正祐は、生理現象に襲われるまで文章を追うことのみを永遠にもできる。

もはや入れるべき鉛筆を入れてある校正原稿をそれでも丁寧に読み進め、寺子屋のあやまり役という役目を得て深川《ふかがわ》の長屋で暮らす宗方清庵の世界に正祐は入り込み、けれど前半のある部分で完全に止まった。

止まったまま十分、二十分、三十分が過ぎていく。

「初日からこの険悪と言っても過言ではない不穏な雰囲気に、俺は正直驚いている」

窓辺で本を読む手を止めていた大吾が呟くのに、停止していた正祐は現実世界に引き戻された。

いつもより物語の中から現実に戻るのは難しくはなかった。

何故なら物語の中での感情が止まっていたからだ。

「そうですか。私はあなたほどは驚いておりません」

きっと今日床の間の方に無理に寄せたのだろう化政《かせい》文化に囲まれている大吾の手には、曲亭《きょくてい》馬琴《ばきん》の「南総里見八犬伝《なんそうさとみはっけんでん》」がある。

「そんなにおもしろいですか。八犬伝」

化政文化の流れとしてはわかるが意外なのと、本題に入られたくないのとで正祐は訊いた。

「化政文化の前後を追っていたら辿り着いたが、結局上田秋成《うえだあきなり》が俺は好きだな。馬琴はなんというか……」

「同じあやかしでも、秋成と馬琴は私も全く違うように思います。今まであなたとの間でも話題に上らなかったと記憶していますが」

「推して知るべしだ。ここは好みの問題だな。馬琴は冒険小説のように愉しむものだ、俺には。今回は秋成ばかりだと思って辿り着いたが、ガキの頃の方が入り込めたな」

そこは正祐は同じ感想で、その上躍動感の少ない少年時代を送ったので冒険小説を楽しめた時期がない。

「『雨月物語《うげつ》』には、あやかしの傍にいつも人間の怖さが存在しています。あやかしより人が恐ろしい」

「上田秋成の話はこの二年、俺たちは度々してきた。馬琴では話が広がらないから秋成にきたのだろうが、話を逸らすには語り尽くした話題だぞ」

「……確かに逸らしましたが、ここは逸らされておくところではないのですか」

自分は今仕事をしていて、しかも大吾の原稿と向き合っているとなれば、「不穏な空気」については逸らされたまま追及しないべきだと正祐は言いたかった。

「いつもそんな難しい顔をして俺の原稿を最後には睨むのか」

「いいえ」

逸らされてくれる気がない大吾に、正祐が反射で首を振る。

しかし、もともと慣れない嘘がしかも今後のためにもならないとはすぐにわかって、鉛筆を置いた。

「いいえ、嘘を吐いても仕方がありませんね。実際、この二日から三日が私にとっては正念場です。難しい顔になるのは当然でしょう」

「一か所でそんな険しい顔で停止するのなら、今ここに書いた本人がいるんだから訊いてみたらどうだ。何が疑問なのかを」

二人にとって同居するなら最も大きな課題となることを、あっさりと大吾が禁忌の方角に向かって舵を切る。

「それは最悪の事態と言えるでしょう」

「それはそうだが、俺は俺で気になるものだぞ」

気になるから訊いてみろと大吾が言ったのなら、その短慮には正祐は早速「実家に帰らせていただきます」を使用したくなった。

「あなたはこの状況を想像しなかったんですか？　私はいたしました。ですから今日からというのはと申し上げたのです」

「そして俺も言った。一緒に暮らす上で避けて通れないことだし、だからこそ試さないとわからないと」

感情だけで物申しているにも拘わらず理論と見せかける大吾の言葉に、これでは水掛け論で夜が明けてしまうと正祐には判断がつく。

「ルールの一つとして、お互いの仕事中相手を一切気にしない声を掛けないという基本中の基本を申請したく存じます」

大前提だと思っていたが、太ゴシックで書いて壁に貼らなければならないのかと呆れ返った。

「そのルールは確かに必要だ。絶対に必要なルールだろう。だが導入前に一つ聞かせてもらいたい」

必要だと言いながら引く気のない大吾がどれだけ厄介かを、正祐は人一倍知っている。

「……今ですか」

「そうだ、俺なりに理由がある。へ理屈じゃないぞ。最初なんだ。ちゃんと聞け」

何かへ理屈を並べられるのを聞かなければならないのかという態度が、そんなにも明け透けだったとは少し反省して「はい」と正祐は座り直した。

「俺の知らないところで、おまえはその難しい顔で長く考え込み俺の原稿と向き合っている。そして鉛筆で疑問点を書き込んでくる。今でも時折俺たちはそのことで大喧嘩になっているだろう。重箱の隅を突き回すが如《ごと》き行いではないかと」

「俺たちはとおっしゃいますが、喧嘩の発端は今あなた自身がおっしゃったようにあなたから私への言いがかりからです」

「そのようだ」

意外にも大吾が、正祐の言い分を素直に認める。

「いつも俺は書き込まれたものが手元にきて、おまえの淡々とした鉛筆書きを見るだけだ。書いているおまえを見たのはこれが初めてだ」

言われて、正祐はやはり見せていい姿ではなかったと悔いて、またもや「実家に帰らせていただきます」を使いたくなった。

「鉛筆を見て俺が想像していたおまえとは、まるで違う。かなり真摯《しんし》に向き合ってくれている」

「どんな様をご想像なさっていたのですか」

「それは」

うっかり口を滑らせた大吾は、「般若《はんにゃ》の如き形相《ぎょうそう》で親の仇《かたき》を討つような正祐」と時折想像していたことをさすがに口には出さない。

だが一方正祐は時には「般若の如き形相で親の仇を討つように」重箱の隅を突き回していることもないわけではないので、敢《あ》えて深追いはしなかった。

「とにかく、行動原理がわかれば俺は不用意に鉛筆にいきり立つこともなくなるかもしれん。だから目の前で鉛筆を入れるか否かとそんなに長く悩んでいるおまえの心理状態を、一度聞いておきたい」

「なるほど……確かに一度ご説明すれば、今後摩擦が減るようにも思いますが」

ただ食い下がっているのではなくきちんとした理由が語られるのに、正祐が一考の余地があると置いた鉛筆から指を離す。

「今回私がこうして止まっている件は、その条件に適切とは言えないことです」

だがこの校正に対する長考はいつものはっきりとした「間違いなのではないか」という感じ

とは違うと、首を振った。

「俺たちはそもそもだいたいに於《お》いて不適切な関係だ」

「そんな居直り方ありますか？　それは、確かに私たちは仕事上不適切ではあります。ですが今回の私の疑問は今まで校正をしてきた中で初めての感覚であって、これから先あなたと私の仕事上の行動原理に当てはまる気がしません」

「もう少し嚙み砕いて説明しろ」

まるでけむに巻かれているようだと、馬琴を置き窓辺から立ち上がって大吾が正祐の近くに座る。

「……これは、校正者としての違和感ではなく」

腰を据えられてしまったので、正祐も観念してきちんと説明に言葉を尽くすことに決めた。

「率直に言って、一読者としての違和感に近いのです。ですから、校正者の仕事としては書き込むべきではないと悩んでいる次第です」

「ああ」

眉を上げて、意外にもすぐに大吾が理解を見せる。

「音吉《おときち》の気配か」

前半に人の口にだけ出てくる江戸時代の漂流民の、恐らくはモデルになっている「音吉」という実在の人物の名を大吾は口にした。

「……何故わかりました」

江戸時代、多くの者が船で航海中に漂流して異国に流れ着いた。ジョン万次郎《まんじろう》のように有名な例もあれば、歴史に名を残さず異国の地で果てた者も多いだろう。

音吉はその中でも、苦難の末やっと帰国の途に就いた時にモリソン号に乗っていて、異国船打ち払い令が丁度施行され大砲で船を追われ帰国できなかったと記録の残っている漂流民だ。

「既に担当編集者に言われている。酒井さんに」

今回の深川の物語の中に、その音吉らしき人物を待っている母親の逸話が、ほんの少しだが会話として登場する。

「やはり、担当編集者さんのお仕事ですね……これは」

「いや、担当編集者の立場を離れての読者としての意見だという、おまえと全く同じ言い方だった。先生がそうなさりたいのなら、それは先生の自由ですがと」

「そうですか。私も同じ気持ちですが」

ならばましてや校正者である自分はなお控えるべきだと、正祐はここは書きこまないと考えた。

「その、ですがの『が』が曲者だ。だが、でも、しかし、と逆接の接続詞で結ばれた文言は、それ以前の言葉は時候の挨拶以下のものだろう。時候の挨拶に意味はない。続きが主題のはずだ。聞かせろ」

話がずれている、と正祐は思った。今後のために鉛筆を入れる行動原理を知りたいと大吾は言ったはずだったが、今はまっすぐ何故そこで鉛筆を入れたいのか訊きたいだけだ。

「……あくまで、読者として気になるだけなので。校正者の立場を逸脱《いつだつ》します」

勉強になったのは、仕事上のルールなど作ったところでいとも簡単にこうして破られる、しかも秒単位でと知れたことだった。

「担当編集者は第一読者、担当校正者は第二読者とも言える。俺が向き合うのは読者だ。何故そんなに引っかかるのか必要な情報だろう」

「それはいつものあなたと違う行動ではないですか？　それこそ原理が不明です。あなたはいつも読者のことなど少しも気にせず、書きたいように書くことをモットーとしているではないですか」

天上天下唯我独尊《てんじょうてんげゆいがどくそん》、人の思惑など知ったことではないのが、広く知られている東堂大吾であるだけでなく大吾の性質のはずだ。

「その通りだが。二人の信頼する読者が同じ違和感を強く感じているなら、発行前に俺は一度は吟味すべきだろう」

「そんな真っ当なことをおっしゃるなんて……あなた」

もしや近々死ぬのですかと危うく言い掛けて、すんでのところでなんとか正祐がその問いは飲み込む。

「少し変わりましたね」

「ああ」

「ご自覚もおありなんですか」

頷いた大吾に、正祐は目を瞠った。

「そうだな。大人になったのならいいんだが、歳は取ったようだ」

「まだ三十代前半です。大先輩方に叱られますよ」

「それはそうだが」

殊勝なことを言ったせいで正祐に命の心配までされていると感じ取って、大吾の方でも説明に尽くす言葉を探す。

「基本は俺は、一人で生きていた。おまえが現れるまで」

「それは私も同じです」

本当に死んでしまうのではと正祐を震えさせるやさしい顔で、「ああ」と大吾は苦笑した。

「向き合う者、伴侶というものが在ると」

正祐を見て正祐のことを言って、大吾の言葉が止まった。

「……在ると？」

不安は高まり、正祐がその先を追う。

「細かいことはいい。変わるのは当たり前だ。未曾有のケースでもなんでもいいから聞かせろ。それが発行後、多くの読者を救うかもしれんぞ。出会いを思い出せよ」

「……‼　それは……っ」

言われて正祐は、自分が居酒屋鳥八《とりはち》で隣に座った東堂大吾に話しかけるという暴挙をした理由を思い出した。

今校正中の宗方清庵シリーズ第十五巻で、大切な登場人物だった居酒屋雀の老翁源十郎《すずめろうおうげんじゅうろう》が死んでしまい、何故殺したと正祐は大吾に食って掛かったのだ。

「実際、あのあと一時的に宗方清庵が売れなくなったとは、酒井さんからなんとなく聞いている」

「けれど……物語の中でも時間が流れて老いた者から逝くのは理《ことわり》であったと、読者としては段々と知ることになりました。宗方清庵の成長や、周囲の人々の健気な励ましによって」

源十郎の死は正祐には悲しい出来事だが、止められたとして止めるのが正解だったとは今となってはとても思えない。

「清庵が寺子屋の子どもが攫《さら》われたときに、駕籠かきを探さなかったことは言い続けただろうが。おまえ」

「あれは整合性のなさを追及するという、校正者の立場を出ない形での進言であって」

「もうその建前はいい」

建前ではないと正祐は続けたかったが、この男と共に在るという経験から正当な反論や抗弁は時間の無駄だと知っていた。

「あなたが最後はご自身で判断すると信じて、違和感の理由をお話しします。違和感というよりは、抵抗感です」

近くにいて読者を代表するような言葉を放ってしまうことに、正祐は一番の心配がある。

「今更言うようなことではないですが『寺子屋あやまり役宗方清庵』の時代設定は、よく練《ね》られています。江戸時代後期、化政時代、幕末と括《くく》るではなく、人の生き死にの年月で考えられていると感じ入ります。宗方清庵の時間なので、今のところ登場から十年と経っていない」

「ああ、そうだ。そうか、もちろんわかっているものだな。読んでいる方は」

校正者としてではなく読者としての正祐の言葉に、しかし大吾ははっきり見抜かれて戸惑いを持った。

「化政文化に触れていても、黒船来航、つまり幕末の動乱までは清庵の人生には距離があるのかもしれない。いや、その動乱に宗方清庵はやがて突入するのかもしれないという余地が読者には渡されています。あなたにははっきりとした年号があるのでしょうけれど」

「刻みながら書いている」

「私たち……いえ、失礼しました。私にははっきりと年号まではわかりません。今までは十年以上の幅がありました。ですが、音吉が漂流しているという噂が聴こえてきたことである程度時が読み解けてしまいます」

問いかけられた大吾の言葉への正祐の説明が、ここで完全に止まる。

先が継がれず、話が終わったと気づくのに大吾は時間が掛かった。

「それだけか？」

拍子抜けして、大吾が尋ねる。

「ええ。それだけです」

むしろ、時に東堂大吾作品に向けるはっきりとした駄目出しを求められていることはわかったが、これ以上正祐に言えることはなかった。

「そんなことが違和感か」

「私は、何度もここで止まります」

「何故だ」

「ご説明はできません。ただ止まるのです。最初に申し上げました、初めての感覚だと」

止まるからには何か明確な書き込みができるはずだと、正祐は音吉の気配でずっと鉛筆を持ったままでいるのだが、何も書き込むことができない。

「物語の中に入り込んだ読み手の感情を止めるというのは、作家としては大きな不手際の一つだ」

校正者としてではなく読者として現実に引き戻されている正祐を知って、大吾はぷいと横を向いた。

「……おもしろくない」

それはそうだろうと、けれど追わずに正祐は今度こそこの話が終わったことを確かめた。

「おかしいですね」

不貞腐《ふてくさ》れている大吾を横目で見ながら、ではとすぐには仕事に戻れない。

「何がだ」

「この状況は想像していましたが、一方で」

どう言葉を選んだらいいか、慣れないことを言おうとしているので正祐は迷った。

「恋愛関係にあるあなたとの、試験的とはいえ同居一日目がこうまでだという想像はしていました。私は。けれど、甘さのようなものを想像する余裕が私にはありませんでしたが、こんなにも散々なものなのでしょうか」

「ややこしいな！　俺は多少は想像していたぞ、甘さを」

想像しなかったがいざ甘さがないとなると驚くという正祐の言い分をなんとか汲み取って、歯を剝《む》いて大吾が意外なことを言う。

「……すみません。今のところ見当たりませんね」

自分は想像しなかったが情人は期待があったのかと、それは申し訳なく思えた。

「そう言われると、俺たちらしい一日目にも思えるが」

「それもそうですね」

らしいという言葉に安堵して、正祐が鉛筆を持ち直す。

「それにしてもよく書き込んだもんだな」

「見ないでください!」

いつの間にか肩から大吾に校正原稿を覗かれて、「それはなりません!」と正祐は声を上げた。

「わかってる」

何か笑いを含んだ声で言いながら、大きな体軀で大吾が正祐の背に寄り掛かる。

背中合わせで、愉快そうに大吾は独り言《ご》ちた。

「あったあった」

「何がですか」

「同棲生活の中で期待していた甘さだ」

想像もしないことを言われて、今のやり取りのことかと正祐が戦慄く。

「甘いですか。同棲相手との味覚の違いは想像していませんでした。……同棲?」

言われた言葉を反芻《はんすう》してから、同居と同棲の違いに正祐は引っかかった。

あっさりと大吾が、同居ではないと言う。

「同棲だよ」

「……そうですか」

校正を覗いて叱られるという想像が再現されて、「同棲」の甘さに大吾が満足したのかと思うと正祐も笑うしかなかった。

「なるほど」

今まで若輩で未熟な正祐にはわからなかったが、十以上も年上の女たちが自分の男に接したときの気持ちを僅かに理解する。

可愛い人だと、正祐は今思ってしまった。

その可愛らしさには存外の腹立たしさが伴い、やはり自分はまだ若輩だと正祐は思い知った。

土日を、「寺子屋あやまり役宗方清庵《むなかたせいあん》」二十二巻の最終的な校正に集中して正祐《まさすけ》は過ごした。

大変な間合いの悪さだと試験同居を始めるときは思ったが、丸二日同じ屋根の下で過ごすのには思いの外いい始まりだった。

いつも通り激しい集中力を以て校正原稿に臨み、正祐は大吾《だいご》をほとんど顧《かえり》みず紫檀《したん》の上の小説と向き合った。

大吾は自室か居間の窓辺で、次の短編小説のための資料を読み込んでいる。

「これは、意外でしたが発見でした」

日曜日の午後七時に完全に鉛筆を置いて、今は大吾が窓辺にいると正祐は初めて気がついた。

「同居してあなたの小説を校正するのはとても気が散るか、または近くにいるあなたにすぐ訊いてしまうのではないかと懸念《けねん》していたのですが」

「一度くらいは尋ねられることも覚悟していたが」

その場合は断ろうと一応大吾の方では決めていたが、金曜日に自分でその決めごとを破っている。

「この二日間ほとんどの時間、あなたがいることもすっかり忘れておりました。いつもと変わらず校正原稿には向き合えるようです。大きな発見でしたね」

前向きに同居を考えられると、正祐はいい報告ができたつもりでいた。

実は二日間すっかり忘れられていた大吾は全くおもしろくないが、それを言い立てない思慮はある。

「完全に終わったのか。鳥八《とりはち》に行くか？　ちょうど夕飯の時間だ」

「家を建てるという前提の試験同居ですから、家計のことも考えませんと。何かと言っては外食していてはきりがありません」

さあ、ここが正念場だと正祐は大吾に向き直った。

丸二日間で、正祐が持ち込んだ作り置きの総菜がすっかりなくなった。冷蔵や冷凍の保存が利く食材はまだ残っている。

今夜こそは、どちらかが台所に立ち調理をしなければならない。

「おまえが持ち込んだ惣菜を貰っていたから、今日は俺がなんとかしよう」

「なんとか」

「三十分ほど待て」

そう言って立ち上がると財布とエコバッグらしき袋を持って、大吾は玄関から出て行った。

どうするつもりなのか待ちながら、食卓となる紫檀の座卓の上を正祐が片付ける。校正原稿は丁寧に仕舞い込んで、天板を固く絞った台拭きで清めると程なく大吾が戻ってきた。

「ただいま」

まっすぐ台所に行った大吾がガサガサと音を立てて、やがてそれらを居間に運んで来る。

「……逃げましたね。この、もしかしたら最大とも言える問題から」

駅近くの商店街で購入された総菜が皿に盛られて並ぶのに、正祐はため息を吐いて立ち上がった。

箸と皿、晩酌の支度を一緒に居間に運ぶ。

支度が済んで、癖で並ぶ形で座布団の上に座って正祐は、大吾の方ではこの「どちらがどういうルールでお勝手に立つか」という問題について今初めて気づいたのかもしれないと思った。

「意外と健康的な選択ですね」

問題から逃げた割に、恐らく紫檀の上の鯵《あじ》のフライや茄子《なす》の煮びたしとビールは、大吾の日常に見える。

「じいさんと暮らしていたからな。西荻窪《にしおぎくぼ》は総菜屋が充実してる」

「食費の精算についても考えなければなりません」

「おいおいだ。おつかれさん」

グラスに二つ大吾が注いだビールを差し出されて、校正を終えた充実感から正祐もグラスを合わせた。

今それを言って揉めることは正祐も望まないが、「おいおい」と大吾が言ったことは最初にクリアにしなければならない生活の要の話だ。

実のところ正祐も、ここではお勝手に立たないという自分のルールを持ったまま、その先はノープランで来た。

いざ同居が始まったら話し合わざるを得ないと思ったのだ。

「まさか逃げるとは……」

「ん?」

呟きの意味を察しない大吾の声が、どうにも稚《いとけな》く聞こえて憎い。

「いえ。明日からが本番のようです」

戦場の、と、いつの間にか試験同居が正祐には合戦場のようになっていた。

明日は川中島《かわなかじま》か関ケ原《せきがはら》かと思った月曜日、会社にいる正祐《まさすけ》のところに大吾《だいご》から「今夜は鳥八《とりはち》でメシだ」とメールが入った。

正祐の仕事が一区切りしたこと、これは普段の自分たちの鳥八通いのペースではあり得なくはないことが箇条書きされていて、その逃げの姿勢に正祐はカウンターの隣に座っている自分の男に呆れていた。

「はい、戻りガツオの漬《づ》け」

七色に光る鰹《かつお》にたっぷりの新鮮な玉葱と薬味を添えて、百田《ももた》がカウンターに白い皿を置く。

「たまらんな。山《やま》の井《い》黒、二合」

一度確認するように正祐を見てから、望みのものを大吾は頼んだ。

「胡瓜《きゅうり》と茗荷《みょうが》もとてもきれいです。夏が終わってしまいますね」

箸をつけながら正祐が不意に、ここのカウンターで大吾ととことん食と酒の趣味が合うことを自分が同居の頼りに思っていたと気づく。

「梅干しがきいてる」

満足そうな大吾にやはりと思って、それが今のところ同居生活に活きないことがじれったくさえ思えた。

「そういえば、元はといえばの『ヴィヨンの妻』はどうした」

鳥八のカウンターに座ったので思い出したと、大吾が正祐が読みたがっていた太宰《だざい》作品のタイトルを口にする。

「それが、お話ししてはあったんですが今日篠田《しのだ》さんが持ってきてくださって。会社で昼休みに読ませていただきました」

「スッと出てきたのか、さすがだな。書棚を見せてもらいたい」

「絶対に見せてくださいませんよ」

「そうだった。あの男は深い闇だ」

篠田は誰がどう見ても実直で付き合いやすい男だったが、それ故大吾には理解できない部分も多くそこは勝手に闇としていた。

「きちんと整理されているんだろうな、図書館のように」

「それを思うと、無限の書棚を持ったからと言って『ヴィヨンの妻』がすんなり出てくる生活が私たちに得られるのでしょうか……」

「おい！　よせ、そこは鬼門だ‼」

「そうですね私もここからは全力で目を逸らします！」

どんなに大きな書庫や書棚を持ってもまた同じ文庫を増やすのではという想像には、二人ともが力ずくで蓋をする。

そこを考え出したらどんな夢も終わってしまう。

「俺もあの文庫を手に取るときは『トカトントン』を読もうとしているから、『ヴィヨンの妻』はご無沙汰だ。どうだった、久しぶりに読んで」

そうだ「ヴィヨンの妻」の話だと、無理やり大吾は話を戻した。

「私も最も好きな太宰作品が『トカトントン』なので、放蕩三昧《ほうとうざんまい》の太宰自身を写し描いたような『ヴィヨンの妻』は実のところ軽視していました。女性の描き方も受け入れがたく」

「時代的なものはあるが、いくらなんでもというところではあるな。特に最後は」

何かを書いている放蕩な夫に尽くし倒す妻を描いた短編は、大吾の好むようなものかと正祐は思っていたが、尽くした挙句飲み屋で働くようになったその妻が客に凌辱《りょうじょく》を受けるということがさらりと書かれた結末には苦い顔をしている。

それが大吾の観念なのかと思うと、正祐にはとても好ましかった。

「私もそこが許しがたく思えていて」

だが、今回の正祐自身の読後感は少々違っていた。

「けれど、今日読んだら根底は『トカトントン』と変わらないと思いました。初めての感想ですが」

「へえ、どうしてそう思った」

意外そうに、興味深そうに大吾が正祐を見る。

「最後の妻の言葉です。『人非人《にんぴにん》でもいいじゃないの。私たちは、生きていさえすればいいのよ』。まるで違う話ですが、どんなありさまでも生きていることがまず大事という。強さでしょうか」

「太宰の望みだったのかもな。俺も読み返してみたいが……何処《どこ》に入れたか」

倉庫だなと、またその大問題に戻りそうになって大吾は明後日の方角を見た。

「同じ作品を時間を置いて読み返して新しい感想を得るのは、おまえが何かしら変わったんだろう」

「そうかもしれませんね。以前は全く好きになれない物語でしたが、今日はこの小説が好きだと思いました」

「成長なのかもしれんな。そういうものは」

「または諦念かもしれませんよ」

少しだけ、らしくないいたずらっぽく正祐が大吾に告げる。

「それは俺が放蕩詩人のフランソワ・ヴィヨンだという当てこすりか」

そもそも作中の夫はその詩人に準《なぞら》えられてあり得ない放蕩ぶりを発揮していて、それを思うと大吾はとても固い男に思えてきて正祐は話の主旨を見失った。

「諦念というと俺は森鷗外《もりおうがい》を連想するが。社会主義が取り締まられた後、鷗外は自らの思想や立場については諦めた感がある」

「諦念という言葉は難しいですね。私は今安易に使ってしまいましたが、道理を悟るという元は諦観のような仏教用語から来ている言葉で。理《ことわり》を知り社会を知るという前向きな意味合いのはずです」

「諦めるという字が入るので、どうにも受け入れ難い。文字の力の強さを感じる言葉だな」

どうしても漢字や文字に大きく左右されるのは正祐も同じで、前向きに捉えるのは難しい言葉だ。

「諦念と悟れる域には、成長はしていませんね。私は。けれどヴィヨンの妻のように、生きることができればそれでいいのだとは思えるようになったのかもしれません」

「いつからおまえは、そこにいたんだろうな。そこにいったとでも言うか」

成長という意味で正祐の立っている場所を探すように、大吾が隣を見る。

「いつでしょう、本当に不思議です。心が動いていることを確かめる道標になりますね、再読は。一方あなたは化政《かせい》文化に夢中に見えますが、それも再読に近いことではないですか?」

昨日話題となった「寺子屋あやまり役宗方清庵《むなかたせいあん》」は幕末と言われる時期のギリギリ手前で、化政文化の名残がまだ強い頃と考えられる。東堂《とうどう》大吾なら今まで何度も辿ってきた時代だと、それは正祐でなくとも読者にはわかることだった。

「一口に化政文化と言っても、馬琴《ばきん》や秋成《あきなり》の文学から葛飾北斎《かつしかほくさい》の浮世絵。蘭学と幅広い。網羅《もうら》しているとは豪語できないし、新しい発見は日々ある」

「何に惹かれました」

どうも少し前にその新しい発見があって大吾が歩き直しを愉しんでいることが、正祐にも見えている。

「上野にゴッホ展を観に行ったときに、ジャポニズムが主題で北斎の絵が展示してあった。日本を見たことのないゴッホの夢見た日本が、この北斎の世界なのかと改めて見たら随分美しいものだと感心して」

今更だと、大吾はその感動の遅さを少し恥じる。

「化政文化というより、外から日本を見始めた記録がはっきり残っている時代でもあると思ってな。その頃出島でオランダ人のふりをしていたドイツ人のシーボルトは、日本をよく見て文献に残している。開国のきっかけになったのも、そのシーボルトが持ち出した地図だ」

「鎖国状態の日本で、危険を冒してまで日本の自然史を書にまとめていますね。美しい国だと思ったのでしょうか」

シーボルトは開国に向かう日本を語る上で重要な人物だが、それ故に記号的な資料が多く正祐にはまだ処しきれない人物だった。

「シーボルトは過失も多く意図は見えんな、俺には。指示を受けただけにも思えるし、日本を愛したことに嘘はないようにも思う」

意外にもその時代に向き合っている作家の大吾も、感覚は近いことを言う。

「いずれにしろ中にいては見えない日本を見ただろう。外に出てしまうと、きっと恋しくなる美しさだろうと思って」

それで漂流民音吉《おときち》の気配をさせたという話になるのかと、僅かに正祐は身構えた。

「今から書くところだ。ああ、その前におまえが今日手放した校正が戻ってくるな。俺の手元に」

化政文化というよりは、外から見た日本にどうやら心惹かれている大吾が、「寺子屋あやまり役宗方清庵」二十二巻にはもう一仕事あったと思い出す。

次作の準備を大吾がずっとしていることは正祐にはごく普通にわかっていたが、手順としてこの後担当編集者の酒井《さかい》から校正が大吾に戻るとなると尋ねてみたいことが生じた。

「お仕事のサイクルの在り方について、質問してもいいですか?」

それが適切かどうかは大吾の判断に委《ゆだ》ねようと、思い切って切り出す。

「そのための試験同棲だろう」

互いの間の不明なことを可能な限りクリアにすることに、大吾の方では積極的だった。

「一つの作品の準備を始めたら、完全脱稿までその一つの作品のみに集中なさるのかと思っていました。気持ちが次作に行ってらっしゃるところに校正が戻るのは、日常的なことなのでしょうか」

もちろん自分に何も非はないのはわかっていても、大吾の創作意欲を見ていると戻った校正がそれを一時遮ることには胸が痛む。

「一作に完全に集中できるのは、確かに理想だな。老境という言葉を聞く頃になったらそうありたいが、今の俺の旺盛な執筆意欲だとこうなるのはしかたない」

足掻《あが》いたこともあったがそれこそ諦めたと、大吾はいつの間にか置かれた山の井黒を二つの猪口《ちょこ》に注いだ。

「ここ数年は、多い時で文庫化も含めて年に六冊以上出版される。たまにだが雑誌にも書く。脱稿した長編が編集部と校正校閲《こうえつ》を通って俺の手元に戻ってくるまでの二週間前後、何もしないではいられん。スケジュール的にもだが、俺の性質的にもだ」

勤めている自分と自宅で仕事をしている大吾との間にもそこはそれほど差異はないと、改めて正祐が知る。

「その二週間は、積んでいる本も読むが次の作品の準備に入る。資料を読みながら作品の構成を考え登場人物に入り込んだ頃、前の原稿が来て校正する。今はそれが日常だ」

「切り替えられるものなのですね」

「望ましくはないが、今は書きたいことが多いから慣れはしたな」

海鞘《ほや》の塩辛が百田の手で置かれて、朱色の美しさに一瞬二人は小鉢に目を奪われた。

「心は次の作品なのに校正作業をするのは、苦痛ではないかと案じました」

これはまた酒が進んでしまうと、正祐が山の井黒を呑みながら案じる。

「むしろ感情的にならずにすむ」

「え」

大吾の言葉は正祐でなくとも「何処が」と言いたくなることだったが、大吾にとってはあれでまだ感情的ではないと言い張れる部類なのかもしれないと正祐はただ困惑した。

「それに、次は珍しく雑誌の短編だ」

「珍しいですね」

聴きながら、それは告知済みの情報なのかどうか正祐には気に掛かる。

「長く書いていきたい題材があるんだが、いきなり長編から入らず短編を書いて世界観を摑んでみようかと思ってな。感覚を知りたい。試し同棲みたいなもんだ」

「どんな……あ、いえ」

最近シリーズものを中心に時代小説を書いている東堂大吾が新しい題材に挑戦するなら、それは大いに興味があったが、これから書き始めるということを訊いていいはずがないと正祐は問いを呑み込んだ。

「ああ」

熱が入っているので自分も本来は話すべきではないことを語り出していると、大吾の方でも気づく。

だが、分けなければならないことと何処までを身内に許し求めるかというところで、大吾は葛藤を捨てて軽く頭を掻いた。

「俺は本当は、おまえには話したいときもある。こんな物語を書きたいということを」

自分は伴侶と思う者に命でもある物語の話をしたいが、伴侶の方で受け止められないなら遠慮するという気遣《きづか》いが、大吾らしからぬ躊躇《ためら》いに映る。

そこは気遣うのが当然のことだったが、大吾がと思うとやはり以前の振る舞いとは違う。

先日まさに、大吾自身が自分は変わったと言ったことを、正祐は思い出した。

「実は以前、篠田さんに叱られました」

そして今日「ヴィヨンの妻」を受け入れた自分も、以前とは変化している。

「本当に鋭い方で驚いたんですが、私が喩《たと》え話としてあなたの話をするときにそれがあなただと見抜かれるのです」

成長かもしれないと大吾は言っていたが、変化はたいてい人を少しは不安にするものだ。

「おまえ、それは」

確かに篠田は鋭いだろうが、きっと篠田でなくとも正祐の語る喩え話の登場人物が大吾の他にほとんどいないと人は気づく。

だが言うだけ無駄だと気づいて、大吾は言葉を切った。

「あなたの持っている数字はとても大きいです。校正室の中なら篠田さんも忘れてくださるそうですが、外ではしないようにと強く言われました」

「だが、実際しないだろう。おまえは篠田さんの言う、外で俺の話を。ましてや仕事に関わることならなおのこと」

信頼もしているし、正祐が込み入った私事を話す相手がほとんど篠田しかいないことは、大吾の目にも見えている。

「とても、聴きたくもあります」

読者としても校正者としても、情人としても大吾が今何に惹かれているのかは聴きたかった。

「けれどつい先日申し上げたように、あなたの作品に真っ新《さら》な心で触れたいという強い思いもあり。私は複雑です」

だから別れたいと言ったのは先月のことで、正祐には作家東堂大吾と情人東堂大吾が折り合う地点は簡単に見つかることではない。

「家を建てて一緒に暮らして伴侶になるなら、そこは乗り越えてもらわなければ困る。日常だろう、俺たちには。物語と、物語ることは」

当たり前になっていかなければ一緒にいられるものではないと言われると、正祐にはまだ不安の方が圧倒的に大きかった。

「……では、今回は試しですから。欲望の片側に従って聞かせていただきます」

真っ新な気持ちで読む方を諦めて、興味に負けて正祐が訊く。

「人が推測している通り、俺は化政文化の名残の頃を書いている。大塩平八郎《おおしおへいはちろう》はその少し手前で、あの出口に向かって大きな流れが留まっている頃には多くのことが在った」

黒船がやってきて一気にことが動いたかに見える幕末には、それ以前に強く物事を押し出す様々が巻き起こっているのは当然だった。

「長崎の出島にシーボルトたちを迎えた鎖国時代に、船で流れて行った者たちのことを考え始めた」

ついさっき大吾は、中にいるとわからない外から見た日本の美しさを語っていた。

流れて行った者、漂流民の一人が音吉だ。

だから二十二巻に音吉の気配がしたのだとは、正祐もここで理解した。

「北斎の描いた美しい風景を見て、生まれた土地に還れない者のことを考え始めた」

「……そこから日本を夢見た、ゴッホの絵と並んでいたからですか？」

遠慮がちに正祐が訊いたのは、葛飾北斎の絵は日用品にも写される程なので、今までも目には入っていただろうという疑問が湧いたからだ。

「ああ、そうだな。以前は全くわからなかったよ。故郷への郷愁や、生まれた土地に還りたいそこで死にたいというような思いは。遠野《とおの》は俺には特別な土地だが、帰郷願望は俺にはまるでないと思っていた」

「過去形ですね」

やはりいつの間にか、目に見えないところで大吾も大きく変わっている。

変化は正祐には不安だったが、大吾の言葉できちんと聴くと、こうして心が移ろいでいくことは当たり前のことと受け止められる気がした。

「還れないという思いを、想像した。初めて」

不意に、似合わないやさしいまなざしで、大吾が正祐を見る。

言葉とともにそうして見つめられて、還る場所と自分が関わっていることを僅かに正祐も感じはした。

「受け止めきれません」

「……書きたいものの話か？」

咄嗟に出た正祐の言葉に、大吾が心を訝《いぶか》しむ。

変化はもう少しゆっくりでないとと、正祐は言いたかった。だが上手く伝えられる自信はない。

「あなたはもう、留まっていた水が奔流《ほんりゅう》として一気に流れ出した幕末のようですね。私はまだ追いつけないようです」

「水を留めているところか。だとしたら流れがまるで違うな」

無理に追いつけとは言わず、大吾はそこで話を終えた。

けれど追いつけないのは自分だけではないのではないかと、「寺子屋あやまり役宗方清庵」

二十二巻のことを正祐が思う。

今糸口が見えた気がしたが、大吾に伝えるために明文化する力は見つからなかった。

「……？　おやじ、どこか調子でも悪いのか」

そうして正祐が考え込んでいる間に、大吾はカウンターの中に問いかけていた。

言葉に驚いて正祐も顔を上げると、この間と同じように百田が立ち止まっている。

「それは、年寄りだからねえ」

やわらかく笑って、百田はため息を吐いた。

「先生や塔野《とうの》さんみたいには動けないもんだよ。このぐらいの歳になったら、そんなことを言っていたおやじがいたと思い出すかもしれないね」

「……大事にしてくれ。勘定《かんじょう》を頼む」

はぐらかされても、大吾は追わない。

「百田さん。お大事になさってください」

「何処か悪いわけじゃないよ。ただ年寄りなだけだ」

手早く会計を済ませていつでも穏やかな百田に「おやすみなさい」と言って、二人は鳥八を出た。

気に掛かって正祐は、時折店の方を無意識に振り返った。

「この間おやじが立ち止まっていたので、背を押されたというのはある。おまえと暮らすのを」

店をだいぶ離れてから、ぽつりと大吾が夜道に呟く。

「……そうなんですか？　百田さん何か」

「いや、過剰には心配するな。おやじが望んでいない。そこは俺たちは言葉通り受け取るしかない。店主と客だ」

どんなに慣れ親しんだ店でも、そこから先は入る域ではないと大吾は言った。

昨日満月だった強い月明かりが、それでも憂う大吾の横顔を正祐に見せてしまう。

「今は店と客の形も色々だろうが、おやじは昔の人間だ。あの店はおやじの店だから、客である俺たちはおやじの意思に従うものだろう」

「異存はないですが……私は、百田さんのことを何も知らないと気づきました」

年齢どころか、下の名前も家族も知らず、明日あの店が閉まったら二度と百田と会う手がかりはなくなると不意に思い知らされた。

「店とは、そういうものだ。別れは突然くるし、客には何もわからない。だが」

すっかり俯いた正祐の手に、繫がず大吾が手で触れる。

「俺たちの時間も動いてはいると、おやじが教えてくれた」

肌のあたたかさに顔を上げると、大吾がまた正祐を故郷のように見ていた。

「おやじには元気でいてほしい」

「もちろん私も同じ気持ちです」

祖父を喪った不安が戻った正祐の手を、しっかりと大吾が掴む。

自分ではない男の手が一歩先へと自分を歩かせてくれるのに、変わることは悪いことばかりではないと、正祐は少しだけ信じることができた。


そして三日が経ち同居開始から丸一週間を数える木曜日、月は暦通りきっちり欠け始めた。更待月《ふけまちづき》、中潮《なかしお》だ。

ここまでの夕飯は正祐《まさすけ》が冷凍していたものを解凍したり、大吾《だいご》が総菜を買ってきたりして二人で食卓につき、「精算といっても今のところトントンだろう」と大吾は問題に向き合わないままだ。

「おまえがここにいるのに、不思議な気持ちだな」

三日目に大吾の担当編集者酒井《さかい》は、正祐が戻した校正を見直して作家の元に届けていた。

「それは私も同じです」

問題と向き合わないまま一週間を過ごせるとは想定しなかったと正祐は違うため息を吐いて、夕飯を終えた紫檀《したん》の座卓を清める。

「涼しい顔しておまえ！　いつもの倍の書き込みだぞ‼」

そこに校正原稿を置いて見始めた大吾は、よく知っている正祐のきれいな楷書体《かいしょたい》の鉛筆書きに戦慄《わなな》いた。

「そうでしたか。量を考えて書き込んでいるわけではないので気づきませんでした」

自分は自分の仕事をいつも淡々としているだけだと、居直るでもなく正祐は揺るがない。

「早速仁左衛門《にざえもん》の演目に激しい疑問符が飛んでいる。作中の歌舞伎演目にケチをつける理由を聞かせろ」

「東堂《とうどう》先生」

校正が戻って早速それはないだろうとは、正祐でなくともここは抗議するところのはずだ。

「試しとはいえ、一つ屋根の下に暮らして絶えず校正を挟んで質疑応答が繰り返されてはお互いに持ちません」

「しかし俺たちは時折堪えられず鳥八《とりはち》でもこのやり取りは何度も繰り返している。同棲した途端一切を封じるのも無理があるだろう。もしかしたらいちいち不適切と止まらずに質疑応答することが効率的である可能性もある。試してみよう」

試すと言えばなんでも通るのかと正祐は言いたくなったが、試しだと言われると一つなら答える意義を感じなくもない。

「ではその一つに於《お》いてのみお答えします。今までは言及してきませんでしたが、十五巻から登場した歌舞伎役者片岡《かたおか》仁左衛門は七代目であると推測されます。最初は八代目の息子である十代目の可能性を感じましたが、特定されてきました。そうすると宗方清庵《むなかたせいあん》と同時存在する頃は五十歳前後」

「七代目だと想定はしているが、歌舞伎役者に年齢は関係ないし七代目は立役、女形、敵役と芸の幅が広かった」

「ここに書かれている演目は、『勧進帳《かんじんちょう》』を想定していませんか？」

「模している」

言い当てられた大吾は、憮然と答えた。

「『勧進帳』初演の頃、七代目片岡仁左衛門は没しています。それに『勧進帳』は江戸歌舞伎の荒事《あらごと》なので上方歌舞伎の仁左衛門が座頭をするということはあり得ません」

歌舞伎を好んで観ることはできないが、文化芸術の歴史が歴史そのものの表舞台と表裏一体なのは時を写す鏡として当たり前のことで、文字でなら正祐には何処《どこ》までも追いたくなることだった。

「義経《よしつね》、弁慶《べんけい》と芝居の内容を書いてはいるが、『勧進帳』だと明記していない。仁左衛門も七代目だとはっきりさせたことはない。元は字も変えようとした架空の人物だった。おまえも忘れはしないだろう、十代目の可能性を優先させた程だ」

「ええ。その文字を見落としたことは私の校正者としての最大の過失であり、またあなたとの大切な始まりの思い出です」

抱き合ったのは二年前の今頃だったが、体だけでなく心も通い合ったと言えるのはその「仁左衛門」の誤字を巡ってだと二人とも覚えている。

「しかし大切な思い出はここでは一切関係ありません。今までは何代目と想定しているかは鑑《かんが》みないと決めていました。けれど音吉《おときち》の気配がしたことで、仁左衛門が七代目であることも年齢も見えてきます。そうなると演目が『勧進帳』を思わせることはとても見過ごせません。あまりに有名で特別な演目で、時代小説読者は精通している分野です」

「気づく者は多い、か」

苦い顔をしているが大吾は、ここはいずれかに改稿すべきところだと納得したようだった。

「酒井さんも同じ意見のようだ。赤で補足が入っている」

その赤字がちらと見えて、正祐が目を伏せる。

校正者が返した原稿を編集者が見て、余分だと思った部分を消せるように校正は鉛筆で書く。編集者が重ねて入れる赤字はなお強い意図を示すものだが、本来校正者が見るべきものではない。

「鉛筆だけじゃないな。赤も多い。音吉が時を定めたせいか」

物語とは本来架空の登場人物で織られるもので、現存する資料との違いを全て間違いとしたら、時代小説は出版自体が難しくなる。

「僭越《せんえつ》ながら、そうとは言えないと思います」

自ら醸《かも》した実在の人物の気配がこうも校正に影響するかという納得を見せた大吾に、違うと正祐は首を振った。

「酒井さんの意図は私には全く不明です。私の件だけで言うのなら、倍になったならそれは手を緩めていたのだという気づき直しになりました」

言葉に偽りはなく数えて倍になったわけではないので、今大吾にそう言われたことで理由に正祐が思い当たる。

「おまえが校正の手を緩めるわけがないだろう」

まっすぐそう言われると、正祐も倍になったわけを語ることを躊躇《ためら》いはした。

「過分な信頼を裏切る言葉で心苦しいですが、先日申し上げたように最近のあなたの小説はおもしろ過ぎます。おもしろい小説に引き込まれることは作家のリズムに乗ってしまうことなので、校正者にはとても危険なことなのです」

だが躊躇っただけでこと小説とそこに纏わる校正という自分の重大な仕事について、正祐は事実を偽ることができない。

「音吉の気配が理由であることは同じですが、書き込みが増えた理由は年号がだいたい定まったからではありません。そこで読者としての感情が止まったことによって、校正作業には集中できたのだと思います」

一冊の本を作り上げる多くの者の中の一人で在るのは、正祐にとって最も真摯《しんし》であるべきことだった。

それだけ本を愛しているし、そしてその本が自分一人のものではなく手に取る全ての人にとって等しいものであると信じている。

「おまえそれは遠回しに二十二巻がつまらんと言っているのか！」

その正祐の真摯さを大吾はよく知っていたが、長い付き合いの中から生じた理解と咄嗟の感情は別物だった。

「遠回しになど言っておりません。率直に感情が止まると言っております。止まれば物語の中からは出てしまうのが読者の普通です」

それを平易にすると「つまらない」となるのは正祐にもわかったが、作家への敬意からだけでなく正祐自身も「寺子屋あやまり役宗方清庵」に対してつまらないと言うのが嫌だ。

「音吉一人で全てが駄目になるものなのか？　物語の中の時が動いていることを、おまえはついこの間称えていなかったか。宗方清庵たちが生きている証だと」

声を弱らせはせず、確認として大吾がまっすぐ問う。

「宗方清庵は確かに生きています。ですから、説明は難しいです。音吉の、漂流民の気配が僅かにしたことで私は校正には確かに集中しました」

「噂話で母親が息子を思っていると出てくるだけだぞ！」

登場人物として話したわけでもなく気配をさせただけだと、言い返した大吾の声が少し子どもじみた響きになった。

音吉については作中では名前も出ず、「江戸から鳥羽《とば》に船出したまま帰らない息子を待つ母がいる」という噂話がさらりと出てくるだけだ。

「ほんの数行ですね」

だからそれを削れと言うのは、酒井にもきっと簡単なことだし、正祐も鉛筆を止めるのはその数行を囲みたくなるからだ。

だが作家が書いた文章に対して「トルツメを提案」とは、担当編集者がしないのならましてや校正者が根拠もなくできることではない。

「……いや、赤字も多い。これは俺が自分で向き合うべき問題だ。仕事のことなのにおまえに強く当たってすまなかった」

いつもならまだ続くやり取りを、大吾は自分で収めた。

大吾も違和感は感じているのだと伝わった気がして、正祐は理由のわからない安堵を得た。

「潔い謝罪は、とてもあなたらしいです」

仲違いはここまでと、受け入れた証に正祐が告げる。

「こんなことになるとはな」

試してみた結果に、大吾は苦い息を吐いた。

「しかしこれは想定内の出来事です。さっきあなたも言ったではないですか。鳥八でさえ私たちはこの期間口論になることがあると」

正祐としては何度でも、試さなくともこの辺りは予想できたはずだとは言いたい。

「そうだな。鳥八でさえこうして口論が続いたことを思えば、自宅でやるというのは極めて利他的だ。人に迷惑を掛けずにすむ」

「そうですね。百田《ももた》さんにご心労を掛けずにすみます」

最近何か不調の様子が見える百田を案じて、二人ともがしばし沈黙した。

「けれど」

さて、とまた大吾が校正原稿に向き合おうとしたのがわかって、自分には想定の範囲内のことを想像しない男に、正祐は問いたいことがあった。

「鳥八で揉めたのなら、お互いそれぞれ帰宅して一晩、なんならもっと期間を空けて頭を冷やせます。けれど同居していては、頭が冷えないまま夜もずっと一緒ですよ」

これは処し方を考えなければならない大問題のはずだと、正祐は言いたい。そもそも正祐は大吾と出会うまでは、こうまで感情的になるということがなかった。

大吾だけが正祐の感情を大きく揺り動かす。だからこそ惹かれ合い情人となったとも言えるが、それが四六時中続いては正祐にとってはずっと全力疾走をしているようなものだ。

「それなら心のままに熱い夜を過ごせばいいだろうが」

勢いで腕を取られて体が傾き、正祐はいつでも眠そうな目をカッと見開いた。

「伊集院《いじゅういん》先生のような陳腐《ちんぷ》なお言葉堪え兼ねます!!」

「おまえそれはいくらなんでもあの金髪バカに悪いと思わないのか!」

咄嗟に若手新進気鋭時代小説家伊集院宙人《そらと》の名前を出した正祐に、大吾は大吾で大概なことを言う。

「は……感情的になってなんということを、私は」

罪もないどころか全くこの場に関係のない若者を罵《ののし》ってしまったことを、正祐は心から反省した。

「陳腐と言うが。一緒に住んでいればこうして揉めたときに閨《ねや》で修復可能だ」

陳腐ではない言い方に多少直して、大吾は真顔で提案する。

「もう少しでいいので現実的に考えてください。あなたも私も別々の仕事をしています。もし、あなたが後少しで原稿が上がるけれど三時間仮眠しようと思われたときに私が」

肩を抱いてきた大吾にこのまま畳に押し倒される気配を察知して、正祐はその厚い胸を掌で押し返した。

「夜伽を乞うたら、あなたはどうなさいますか」

絶対に自分はそんなことをしないと正祐は断言できたが、極論を言わないと大吾はこの問題にも向き合わない。

「据え膳食わぬは……」

すっかりその気になりかけていた大吾はそのまま正祐の体を抱こうとして、けれど五秒ほどかかって言われた状況をなんとか想像した。

「いや、ふざけている場合ではないな。なるほど深刻な問題だ。世の共働きの夫婦はどうしているんだ？」

この一週間二人はいつも正祐が泊まったときと同じく二階の寝床で同衾《どうきん》していて、それでは大吾も堪えられず正祐が校正を手放した月曜日から夜を営み通しであった。

「最近は寝具や寝室を分けている夫婦も多く、それが生活効率を上げるという記事を読みました」

月曜日から三日連続営まれた正祐には、今宵もここでと言われたら言葉を尽くす気力もなくとうとう大吾の首を絞めるかもしれない。

「それで一緒に暮らす意味があるのか」

「問題が複雑化してきましたね」

寝床を分けて生活を分けてと考えると、正祐の方でも目的が書棚だけのようでそれは自分が浅ましく思えた。

「世間はおいておいて、俺たちの場合はどうするかで考え直そう。寝室は分けるべきだな。仕事の生活時間が違い過ぎる。出勤するおまえを、その日の執筆を終えた俺が明け方に起こしてしまうこともあるだろう」

「私もあなたの執筆の邪魔をすることになってしまうかと思います」

どう考えても同じ寝床に毎日入っていては早々に仕事が破綻するとは、大吾も正祐も想像がつく。

「では私は今夜から、居間に客布団を敷いて眠ってもよいでしょうか？」

さっそく今夜からそうさせてほしいと申し出た正祐に、大吾は是と言わなくてはならないところだ。

「もう少し踏み込んで、本音を言うと」

だが今ここで洗いざらいを打ち明け合うべきだと、試しの意味を大吾がとことん突き詰める。

「正直、俺は一緒に暮らしたらやりたいときにやれるもんだと思っていたようだ」

それは無理だとわかったが落胆はしていることを情人には知っていてもらおうと、大吾なりの無駄な誠実さを示したが、その誠実が正祐に届くことは困難で無駄だけが届いた。

「その能面のような顔では弟もでかい図体で泣いたことだろうよ！」

心の底から呆れ返る思いを眉一つ動かさずに表現した正祐に、大吾が同居のきっかけとなった光希《こうき》の涙を味方につけて悲鳴を上げる。

「思っていたがそうはいかないと、少年のように今知ったという話をしているんだ」

「ルールが必要ですね」

この際不本意だがイエスノー枕の導入を真剣に考えるべきではと、正祐は大吾の遥か遠くに行っていた。

「……そのようだな。だが」

致し方ないと頭を掻いて、大吾が息を吐いて正祐に笑う。

「性についての生態は、年齢とともに変わるだろう。そのルールについてはこの二週間の中でも最後にしてもらおう」

「あなたはそうして何もかもを後回しに……っ」

咎《とが》めようとした正祐を抱いて、大吾は唇を塞いだ。

くちづけられて体を倒され、丁寧に肌を探られて正祐の息が上がる。

「……四夜目ですよ」

「少年のように」

声を掠れさせた正祐の頰を、大吾は掌で撫でた。

「おまえが毎夜傍らにいるのが、嬉しくて堪らない」

そんなことを言われては背を抱くしかなくて、唇の端を吸われて正祐が小さく吐息をもらす。

大人の男を頼ったつもりが少年のような傍若無人に身を任せていると、もの思える時間は短く、正祐の爪が大吾の肌を削った。

何故《なぜ》なのか正祐《まさずり》は、カレーのかおりで目覚めた。

自分が置かれている状況が全く理解できない。

まず寝起きのぼやけた視界には、段々と見慣れない日本家屋の天井が見えてくる。見慣れないが見覚えがない天井ではなく、大吾《だいご》の家の居間の天井だ。

この部屋でなし崩しに抱かれて眠りにつくのは初めてではなかったが、体の下にちゃんと布団が敷かれて寝巻用の浴衣《ゆかた》と夏掛けが掛けられている。

八月の終わりの夜明けはまだ充分に早く、暁の感覚は午前六時前後だ。

「どうして、カレーが……」

昨日夕飯の後大吾にここで抱かれて眠ったというよりは意識を失ったのだと自覚して、カレーと布団が正祐の謎として残る。

散々に嬲《なぶ》られた体を浴衣を羽織りながらなんとか起こすと、自分の男は紫檀《したん》の座卓に似合わないカレーライスを食べていた。どうやらレトルトを温めたようだ。

「……おはようございます」

「ああ、起きたか。目覚める気配がないので客布団を出した」

「ありがとうございます」

そうすると残る謎はカレーだと、正祐が目を擦る。

しばらくぼんやりと、正祐は大吾の姿を見つめていた。随分長く一緒にいるように思っていたが、意外と見たことのない姿が多くあると同居して知る。

大吾が朝からレトルトのカレーを食べているところを、目撃するのは初めてだ。

旺盛だと、何故だか正祐はしばらく大吾に目を奪われた。

「朝からカレーとは、お元気ですね」

言いながら、その姿を煽情的とまで自分が感じていることには気づけない。

「朝というか、まあおまえには朝だろうが。一旦おまえと眠って目覚めて一仕事したから、俺には昼の感覚だな」

「一仕事……？」

その言葉に浴衣を整えて目を瞠《みは》ると、大吾は自分を抱いた後寝て起きて校正原稿をある程度見て、そして今食事をしていることが座卓の様子で正祐にもようやくわかった。

「本当にあなたの体力には驚かされます……」

「作家とはこういうものだ。寝て起きて原稿をして、食って原稿をして、おまえを抱いてまた原稿を書く。慣れろ」

まだしもこんなにも寝ぼけた頭でなければ正祐は、「作家とは」と大吾が乱暴に括ったことに疑問を持てたが、何しろ寝起きなので「作家とはそういうものなのか」とただ絶望した。

「おまえも食うか、カレー。お勝手の段ボールにレトルトが山とある。好きに食え」

「まずは身支度を、いたします」

よろよろと布団をきっちり畳んで出勤用の衣類を取り、洗面所に向かう。

ただ顔を洗うだけで済むはずがなく、ここのところ毎朝そうしているように正祐はシャワーを使った。

朝風呂の習慣がないので洗濯物を増やしているのは自分だと思い、シャワーの後無意識に洗濯機を回してしまう。

髪を乾かしてシャツのボタンを止めてお勝手に向かって、一週間が過ぎたのに結局無法のままではないかと立ち止まった。

「人は生活をしなくてはならないので、ルールなどなくともこうして日々を暮らしてしまう……」

この家の台所に頑なに立たずにきたので、この試し同居が始まって初めて大吾が大量のレトルトを備蓄していることを正祐は知った。

今時のレトルトがそんなに悪いものだとは思わないが、自分は朝も弁当も普段自炊しているので大吾の分だけ作らないというのも随分意固地な話だ。

「今日という今日は話し合わなくては」

とうとう正祐はこの台所で、朝食と弁当のストックを作り始めた。ことに至った時間が早かったので、金曜日に朝早く目覚めたのは間がよかったのか悪かったのかまだわからない。

味噌汁を作り、冷凍してあった野菜を温めたり炊き直したりして冷蔵庫に入れ、簡単な朝食を用意した。

さっき大吾はかまわずカレーを食べていたので、味噌汁だけは二人分盆に載せて居間に戻る。

「味噌汁か。ありがたいな」

飯台にそれを置いた正祐に、大吾はきちんと礼を言った。

「今日という今日は、お勝手についての話し合いを求めます」

「いただきます。……好きになんでも使え、お勝手は」

正祐は意を決して申し出たのに、味噌汁を啜った大吾の方は何かきょとんとして見える。

「いえ、そうではなく」

「俺はそもそも家ではたいしたものを作らん。メシは炊くが、総菜を買ったりレトルトを温めたり。味噌汁もほとんど作らん。あるとありがたいもんだな、うまいよ」

呆然と、大吾の言葉を正祐は聴いた。

ここにきてようやく、自分にとっては当たり前であり重大事項と思っていた台所のことが、大吾にはどうでもいいことだと知る。大吾はこの問題から逃げていたのではない。最初から大きな問題だと思っていなかったのだ。

「食費は俺が出すというのはどうだ」

考え込む正祐に、ルール作りを求められていることには大吾も気づく。

「それで私が作るんですか？」

「できる方ができることをやるのは合理的だろう。別に俺は毎日鳥八《とりはち》でもかまわん」

できないと言っていると、大吾は台所に立たないことを言い重ねた。

「それは激しく経済的ではないことです」

「だがもともと俺にはやらないことだぞ。台所は」

そう言われると正祐も、同居するからと言って台所に立てというのは道理が合わないと思える。

「どうしたらいいのかまるでわかりません」

さりとて大吾に食費を出させて自分が調理をするというルールも、今は呑み込めるものではなかった。

「とりあえず当座は二週間のことだぞ。その後のことはその後また考えるのはどうだ」

時に堅実にも思えたはずの男が自分にとってどうでもいい問題は先送りするというのは、正祐がこの試しで新たに思い知った一面だった。

勢いで同居を決定せずに試験同居をしてみようと言い出したのが大吾の方だと思うと、目の前の男が誠実であることはなんとか思い出せる。

「いいえ。あなたは後になっても決して考えはしないでしょう」

それが自分の男のすることだと知れたのは、正祐にとっては情人の誠実さの恩恵と言えた。

「何故突然怪しい占い師のようになる！」

「これは占いではなく私に与えられた経験則です」

あなたによってとため息を吐いて、正祐が簡単な朝食を咀嚼《そしゃく》する。

ほうれん草と焼き鮭、ご飯と味噌汁。

「台所のことについては、私の方でよく考えます」

一人分作るも二人分作るも同じだと自分の方で思ってしまっては終わりだとは、拙《つたな》い正祐の人生経験でも想像がついた。

「野菜も召し上がってください」

ほうれん草を半分残して、正祐は大吾の方に押しやった。

「家でほうれん草のお浸《ひた》しが食えるとはな」

ありがたいとまた言って大吾が、慎ましいほうれん草を一口で食べ上げる。

その様を見て正祐は、自分が大吾が物を食す様がとても好きだと初めて気づいた。

動作が乱暴な印象の男だが、実のところ呑むのも食べるのも大吾は静かだ。静かにけれど体に見合った量を、味わって相応の礼とともに飲み下す。

さっきカレーを食べているところをしばらく見ていたのも、見ていたいから見ていたのだと正祐は知った。

以前正祐は大吾に、「食欲と性欲はとても親和性が底《ひく》い」と言った覚えがある。今もそう思っていた。

だからものを食《は》む男の姿に自分が情欲を掻き立てられたのは相当に大吾が色悪《いろあく》なのか、それ以上に自分がこの男が愛しいか、どちらかまたは両方だ。

そんな男の様を見ていたいという気持ちで一たびお勝手に立てば、なお大切なものが終わるだろうとはわかる。

どんなにこの男が愛おしくても、「実家に帰らせていただきます」を発動すべきだとも思った。

「あの」

だがそれは二週間は何があっても試し同居をやめないという、唯一大吾が作ったルールを侵すことになる。

「どうした」

それ以上のルールは、何もできていないのに。

「いえ……たとえ私の方だけでも、考えるのをやめたらお終《しま》いだと思っただけです」

何しろ初めて愛したのがこの何もかもが旺盛な上に色悪の作家なのだから、拙い人生経験でも正祐の想像に大きな間違いはなかった。

金曜日は八月最後の日となって、ほんの少しだが夕方涼しさがきて庚申社《こうしんしゃ》では思い切って校正室の窓を開けた。

「もう新学期が始まってるんだな。俺が小学生の頃はこの日まで夏休みだったが」

子どもが下校する声が響くのにふと手を止めて隣の同僚が言うのに、正祐《まさすけ》も手を止める。

今日は水浅黄色《みずあさぎいろ》のつるの眼鏡の篠田《しのだ》は、小学生の頃があったと想像するのも難しい程、正祐には真っ当な大人に見えた。

この一週間、大人の男のようでいて暮らしてみると少年のような男を見続けているので、篠田の落ち着きとまともさが、北斎《ほくさい》の絵で言えばまるで富士の頂《いただき》や大海の残波のように際立った。

何しろ少年は、今朝正祐が起きたら旺盛にカレーを食べていたのだ。

「篠田さん、折り入ってご相談が」

「本年度の分は終了させていただいた」

さすが富士の頂大海の残波、判断が早く内容も聞かずに正祐の切羽詰まった様子を見ただけで本年度分を打ち切る。

「四月になったら新規受付していただけるのですか？　それならば私は全てを四月まで据え置きます」

そうだ、家の大きな少年が、もとい。

大吾が家庭内ルール作成を後回しにするのなら、正祐の方でも何もあと一週間足らずで決めなくてはいけないという謂《い》われはない。

自分だけでも考えなくてはと今朝思った心が、早くも挫《くじ》けて、いや拗《す》ねていた。

「四月っておまえ、半年先だぞ……。さわりだけ、さわりだけな！」

判断力は高いが、五年隣で仕事をしている同僚への情にもそれなりに厚い。篠田は損なほどまともな男だった。

「たとえばの話なのですが」

正祐は今、帰宅すると存在感たっぷりに居間にいる男との生活でいっぱいいっぱいだった。

「仮にですが、炊事をしない男性と同居したとします」

何しろその男は、夜も早い時間に畳の上で傍にいることが嬉しいからと四晩続けて自分を抱き、正祐が昏睡《こんすい》している間に精力的に校正原稿を見て、更には早朝からカレーを食べている。

「けれど自分は自炊をします」

朝からレトルトのカレーを食べていた男の変に色めいた雄々しさは、正祐からもともと少ない判断力や常識を一切合切持って行った。

「一人分だけ作り続けることは困難ですが、二人分作ることが当たり前になっても困難です。困難の二乗です」

その上正祐は寝起きに男が適当なカレーを食べている姿を好んで、言葉を失って見つめてしまったのだ。

ほうれん草まで与えてしまった。

ほうれん草は大いなる禁断だったと今にして思う。

自分が渡したものを男が食む姿が喜びになってしまえば、大切なルール作りが吹っ飛んで正祐の人生がきっと大きく道を変えるだろう。

「私はどうしたらいいのでしょうか？」

それで喩《たと》え話のつもりなのかと篠田は言いたかったが、篠田は言いたいことをなんでも言ってしまうような迂闊《うかつ》な男ではなかった。

言いたいことをなんでも言えば時に誰かが傷つき、言いたいことをなんでも言えば時に巨大な面倒に巻き込まれることもよく知っている。

「塔野《とうの》、その相談は新年度になっても俺は恐らく受け付けないだろう」

こと、隣の同僚に関してはそこのところ篠田はとことん慎重だった。

「なんの予言ですか……どうしてですか」

涼しい笑顔で言われて、正祐はどういうことかと篠田に向かって身を乗り出す。

「人間が相談に乗れるのは、自分の経験の中でのことが精一杯じゃないか？　俺が今までおまえの相談に乗ったことは、自分の経験から考えられることのみだ」

塔野、と、言い聞かせるように篠田はもう一度正祐の名を呼んだ。

本来なら「どうしたもこうしたもない」と一刀両断するところを、己の親切に眩暈がする。

「俺は、男と、お勝手のことで揉めないし悩まない。経験がない」

だからその相談には乗れないと、笑顔のまま篠田は閉店のシャッターを下ろした。

蛍の光も無情に鳴り響く勢いだ。

「新年度までに絶対にあり得ないとは、予言者じゃないから言えない。なので恐らくと言った。万が一四月までにその経験をしたときは、逆に俺がおまえに相談させてもらおう」

だが正祐の方にはその蛍の光が聴こえず、「なんて酷《ひど》い」と縋《すが》るように恨みがましく篠田を見つめている。

「私が篠田さんに実のある助言ができるわけがありません……」

実のところ篠田にはこの喩え話が誰との話か透け透けなので、四月までに自分は相談しないだろう理由は千も万も挙げられたが、挙げない思慮をきちんと持っていた。

「男との台所のことでどうしたらいいのだろうかということは、女性に訊くのが早いだろう。俺に訊くよりは、その経験をしている確率が跳ね上がるはずだ。格段に」

そもそも訊く相手を大間違いしていると、篠田は言いたい。

「女性……」

女性と言われて、相談のできる女性を正祐は、心の中の深い霧がかかったような森で闇雲に探した。

五里霧中という四文字熟語が、明朝体《みんちょうたい》で通り過ぎていく。

「お母上とか、姉上とか、いないことは知っているが女友達とか」

一階の受付に今日は社長小笠原欣也《おがさわらきんや》の長女艶子《つやこ》がいるが、どうしても誰かに相談するなら身内に留めるのが最善だろうと篠田は言葉を切った。

「母に」

幼少期から恐怖刺激でしかなかった姉の萌《もえ》には相談どころか挨拶するにも怯える正祐は、そうなると母親の大女優麗子《れいこ》しか相談する相手がいない。

塔野麗子は本当に少年だった時の大吾《だいご》の初恋の女優で、昨年麗子は東堂《とうどう》大吾作品で主演を務めた。その縁で麗子と大吾は初めて対談し、大吾は初恋の「春琴抄《しゅんきんしょう》」春琴に散々に引き裂かれたが、麗子の方ではどうやら大吾を憎からず思っているようだった。

「けれど、母にそんなことを尋ねたら」

大吾と長男が何かしら仕事をしていて存外深い縁があることも、聡《さと》い麗子は察している。だとしたら麗子は唯一にして最大の正祐の相談相手だとも言えた。

「それはまるで」

一緒に住むための家を建てるので試しに大吾と同居しているが、二人ともが仕事をしながら生活するためにお勝手はどういうルールで使用すべきか。

「何を言い出すのですか篠田さん!」

それではまるで結婚を前提にしている男の話を母親にするのと同じだと、正祐が往来の小学生も驚いて立ち止まる悲鳴を上げる。

「それは常々俺が心に溜め込んでいる言葉だな……塔野」

こっちの台詞《セリフ》だよと言うとまた面倒なことになるので、目を糸のように細くして篠田はただひたすらに微笑んだ。


篠田《しのだ》に完全に相談窓口のシャッターを閉められて、正祐《まさすけ》は当てもなく西荻窪《にしおぎくぼ》駅に向かった。

当てがないのは今夜の夕飯をどうするかがまだ不明だという意味と、難問の結論が出ていないという意味の二重の当てのなさだ。

「しかし夕飯を食べないわけにもいきません……」

駅周辺にある総菜屋かスーパーに行かなくては、しかし、と思いながら駅をふらふらしていると、もしかしたら新たな相談窓口なのかもしれない人の顔が正祐に見えた。

「伊集院《いじゅういん》先生、ご無沙汰しております」

「あ、塔野《とうの》さん久しぶりー！」

明るく元気な声を聞かせたのは、長身でいつも何故か金髪の若手新進気鋭時代小説家、伊集院宙人《そらと》だった。

「どなたかお待ちですか」

改札の前の柱に立っていた宙人が明らかに電車到着を待っていることくらいは、今現在いっぱいいっぱいが過ぎる正祐にもなんとかわかる。

「えへへ、ラブラブ蜜月期のらまーんだよ！」

相変わらず半分ほど何を言っているのかわからない日本語だったが、確か先々月意外な人物と恋仲になったと衒《てら》いなく打ち明けられたことを思い出した。

「ああ……あの方と。蜜月期なのですね」

「だいたいこの時期越えると振られるから、乗り越えたいなあ」

その恋人が余程愛おしいのか、宙人が幸せに溢れつつも不安そうにため息を吐く。

「蜜月期とはどういうものですか？」

言葉では知っているが自分と大吾にそういう時期があっただろうかと、正祐は訊いてみた。

「好き好き大好きただ一緒にいたいだけの時期だよ」

「その時期を越えると何期がやってくるのですか？」

ジュラ紀かカンブリア紀かと思いながら、いや「き」の字が違うと正祐はそこだけにはなんとか気づいた。

「倦怠期《けんたいき》」

「ちなみにそれはどんな時期でしょう」

質問の多い正祐に、「どうしたの？」と宙人がやさしく笑う。

「好き好き大好きっていう気持ちでいっぱいだったのに、好きが減ってくと他のことが気になりだすんじゃない？」

「ならば私はまさしく今」

好きである気持ちよりも台所のことが気になって気になって仕方がないのだから、なるほど倦怠期なのかもしれないと正祐は宙人との会話から大きく道を逸れた。

「倦怠期なのかもしれません……」

「え⁉　そうなの⁉」

「気になることが多すぎます」

「あ」

改札を、八月も白いジャケットの端整な顔立ちの男が抜けてきて、似合わない驚きの声を漏らしてしまう。

「白洲《しらす》先生、ご無沙汰しております」

「……どうも、久しぶりだね」

以前ならすっかり隠せた困惑を隠せていない文芸界のヘルムート・バーガー白洲絵一《えいち》が、苦い顔で正祐に会釈した。

「いつもは俺がふ……違った。絵一さんの家に遊びに行くんだけど、最近うちのじいちゃんと仲良しなんだよー」

「君はそんな風に何もかも明け透けに」

「伊集院先生が、白洲先生のお宅に。それで」

明け透けに自分たちの事情を人に語るなと宙人を咎《とが》めた絵一に、正祐はいっぱいいいっぱいのまま相談窓口をチェンジした。

「お台所はどちらがなさるのですか？」

「何故《なぜ》そんなことを」

「絵一さん！　すっごいおいしいスクランブルエッグを作ってくれるんだよ」

その質問には答えないと白洲がけん制しようとした途端、宙人が清々《すがすが》しく笑う。

「だから俺が洗い物したり、あとずっと庭師してる。広いお庭の手入れ」

「……僕は僕の作る食事が好きだし、できることをできる方がやるというのはとても合理性の高いことだ」

物語的に人物把握能力の高い正祐は、この言葉が宙人を通ると「蜜月期でラブラブだから！」と変換されることはわかった。

それに白洲はどうやら元々自分で台所をしていて、この主張からするとそこは自分の領土と結界を張るタイプのようだ。宙人よりかなり年上だし、今は他のことが気にならない蜜月だそうなのでこの二人は何一つ当てにならない。

「お幸せそうで何よりです」

相談窓口ではなかったことに勝手にがっかりして、無意識の正祐は無意識に白洲を抉《えぐ》って二人に頭を下げた。

食というのはだいたいが平均的に一日に三回も人の営みについてくるもので、生きる上で省きようにない難題に挑んでいるように正祐《まさすけ》には思えてきた。

そんな難題が簡単に紐解けるわけがないと蜜月の二人に会ったことで観念し、「今日は私が総菜を買って帰りますから折半に致しましょう」と駅からメールをして、金曜の夜二人はそら豆の掻き揚げと野菜の炊き合わせで晩酌をしていた。

「ちょうどいいじゃないか。麗子《れいこ》に訊いてみたらどうだ」

今日篠田《しのだ》に相談しようとしたらとその話をした正祐に、大吾《だいご》がまたもや何が「ちょうどいい」のかわからない「ちょうどいい」を言う。

「私の母を呼び捨てにするのはご容赦ください」

むしろ宙人《そらと》と白洲《しらす》の話をすべきだったかと思ったが、振り返っても蜜月の二人は何も役に立たなかった。

「お袋さんに訊いてみろ」

言い直しただけで、大吾は同じことを繰り返している。

「ですが」

グラスに残っていた冷えたビールを飲み干して、篠田には言えなかったが大吾には言うべきだと正祐は息を詰めた。

「それではまるで」

だがこの話をすべき相手はこの男だとわかっていても、口にするのは躊躇《ためら》う単語だった。

「まるで……結婚、するようではありませんか」

恥じらいを超えてそれでも言ったのは、他者に相談することでそのような誤解を生むという注意喚起でという建前もある。だがそれ以上に、段々自分にはそう思えてきてしまい、そうではないという確認のつもりで正祐は喉笛をかき斬るが如《ごと》き覚悟で「結婚」と言った。

「違うのか？」

ビールを呑みながらあっさりと、大吾は何を今更という顔をする。

「え？」

「俺はそのつもりだ。万が一の時はおまえが全て相続するように書類を作るし、権利関係をおまえにも持たせる。行政書士だのなんだのと掛かる費用はおまえ自身も多少は持て」

反射で正祐が世にも奇妙な声を出したので、しばらくは伏せておくつもりだったことを大吾は憮然としたまま洗いざらい話してしまった。

「ちょっと待ってください。そんな決定事項のように」

グラスの底で紫檀《したん》を打った正祐に、しまった早まったと大吾も気づいたが、もう遅い。

「……一緒に住む家を建てるんだぞ。二年以上交際したのち、こうして試し同棲までして家を建てる。それは結婚するのと同じだろう。結婚だ」

元々そのつもりだった大吾は、もっと他に言いようがあったはずだと止める者がいないので、自棄《やけ》になって結婚だがそれがどうしたと言い放った。

「私は嫌です！」

「嫌とはどういうことだ!!」

咄嗟に嫌だと言った正祐に、大吾は大吾で驚いて大きな声をたてる。

「すみませんでした……嫌ですと言ったのは」

情人に結婚の話をされて一秒も待たずに「嫌」と言った自分の始末の悪さには、ただ声が小さくなって正祐は大吾の顔が見られなかった。

「理由はないです」

だが好きな男を傷つけたいわけではないと、意を決して顔を上げる。

「反射のようなもので」

憮然としたままの大吾は傷ついているというよりも、当然齎《もたら》されるはずの「是」が返らないことに怒って見えて、正祐の方でもにわかに腹が立ってきた。

「あなたは簡単に結婚なさいますね。冬嶺《ふゆみね》先生にも求婚なさった」

「おまえここで前の女を持ち出すのは」

「申し訳ありません！　いくら腹が立った勢いでも過去に地上波という公衆の面前で二十近く年上の女に求婚してばっさり振られた挙句、全世界に今もその映像が動画サイトから発信されていることを私は」

「傷口に粗塩《あらじお》を擦り込むな！」

叱られてはたと正祐が、思ったことを口から全て出している有様にさすがに反省する。

「過去の方のことを持ち出したのは不適切でした。そうではないのです。私が言いたいのはあなたにとって結婚というものが……」

恐らくは自分とは違うものなのではないかと、正祐は言いたかった。

何故なら正祐は、生まれてこの方ただの一度も結婚したいと考えたことがない。

「あなたは、結婚というとどの小説を思い浮かべますか？」

遠回しに、正祐は大吾の結婚のイメージを知ろうとした。

「……ああ、それはいい仲直りの遊びかもしれないな。幸田文《こうだあや》、『台所のおと』。おまえは？」

遊びのつもりではない正祐に、結婚を題材にした中でも病んだ亭主が中で妻のたてる台所の音を聴きながら過ごすという、美しい夫婦の小説の題を大吾に言った。

「太宰治《だざいおさむ》『ヴィヨンの妻』」

正祐は読んだばかりなのもあったが、結婚と言えば放蕩夫に悩まされる妻が第一に来てこの小説を挙げる。

「夏目漱石《なつめそうせき》『門』」

意地のように大吾は、それぞれが違うことを思いながら最後には一つのものを見つめている
やはり美しい夫婦の小説を並べた。

「夏目漱石なら、私は『こゝろ』です」

「あれは結婚というよりは」

Kという親友を思う先生の物語であって、妻はただ気の毒なだけだと大吾が言葉に詰まる。

「『こゝろ』を混入していいのなら、『暗夜行路』も入れさせてください」

勝手なルールを導入して自ら脱線した正祐が、滅多に二人の話題にはならない志賀直哉《しがなおや》の
「暗夜行路」も挙げる。

「志賀直哉は俺は好かない。『暗夜行路』は結婚小説とは言えないだろう！」

「主人公が祖父の子だと知らずに祖父の愛人と結婚したくて堪らないのに、別の女性と結婚してその女性に苦労をかけるという結婚小説の真打みたいなものではないですか。ちなみに私も全く好きではありません！」

「もっとましなものはないのか！」

目的をすっかり見失った正祐は、何も自分も「暗夜行路」の話がしたいわけではないと、大吾と語らえるかもしれない結婚を題材にした小説を探した。

「……三浦哲郎《みうらてつお》の『初夜』が好きです」

「ああ、俺も『初夜』は好きだ。唯一健やかな息子の結婚に、卒中で思うようにならない無口な父親が高砂《たかさご》を歌い出すところは堪らない」

ようやく落ち着いた声で大吾が、「初夜」の中に描かれる結婚の場面を語る。

「やめてください。そこは思い出しただけで涙が出てしまいます」

「……ようやく一致したところで、今夜は結婚初夜と考えよう」

「私、後に思ったんですが」

まさか五夜連続で初夜を続けるつもりかと、正祐は目を見開いて大吾を断じた。

「雪国では生まれたままの姿で眠るんだよその方があったかいからねと妻に言ったのは、三浦哲郎の嘘だったんではないでしょうか」

作中の本当の初夜でそれを妻に告げた夫への不信感を、正祐が語る。

「いい嘘だろう、それは」

「わかりました。あなたは結婚にはいいイメージしかないのですね」

大吾が仲直りの遊びだと思い違えたこの問いのわけを、正祐はやっと思い出した。

「おまえはよくもまあそう最悪の作品を選び抜いたものだな」

「なんだか、コンビニで見かけるムック本のタイトルみたいですね。『簡単五分文学でわかるお互いの結婚観』。いえ三分くらいでしたね、今」

「ムックにして安くコンビニで売るな！　しかしおまえは……」

そこまで言われて大吾の方も、お互いの結婚観を正祐が文学から知ろうとしたと気づく。

試されたのはおもしろくないが、正祐が並べた小説の方が大吾には気になった。

「立ち入ったことを訊くが。いや、俺たちは立ち入った間柄だ。まっすぐ訊く。ご両親はおまえにとって、結婚のモデルではないのか？」

「その法則でいくと、あなたはよい結婚の小説を選んでいるのでご両親は理想のモデルだということですか？」

問い返してごまかしたのではなく、正祐は自分の結婚観と両親の結婚を結び付けて考えたことがない。

「……そうだな。母は、亡くなった父にとっても、健在の義父にとってもよき妻だと思うよ。いずれの両親もよい結婚のモデルではある。ただ、同じような家庭を築こうとも母のような妻が欲しいとも一度も思ったことはないが」

問い返された大吾は大吾で改めてそのことと向き合って、ゆっくりと母と二人の父親について回顧した。

「……言われると、私は逆なのかもしれません」

改めてならまだいいが、正祐は初めて両親の結婚について深く考え出した。

「母は、母には申し訳ないですが母である以前に女優で。あまりにも女性的です」

「それは塔野《とうの》麗子を知っている者としては容易に理解できる」

六十歳を過ぎた女優塔野麗子は少なくとも四十年以上日本中の多くの男たちに永遠の恋人と呼ばれ、今に至っても信奉者は絶えず母親の役よりも女性的である役を求められ続けている。

「母というイメージがない母は、妻というイメージからも遠いです。父は映画監督で、父と母は結婚前にもちろん仕事を介して知り合っているのですが」

「塔野監督は、オリジナル作品で塔野麗子を撮っていたな」

少年時代に塔野麗子に性の手引きを受けた気持ちの大吾は、その夫となった人物に子どもらしい嫉妬を持ったことは一度ならずあった。

「ええ。原作がなく、父が書いて父が演出をして母が主演して。もちろんそのときは他人同士だったわけです」

塔野監督は大吾だけでなく、日本中の多くの男の嫉妬を受けた人物と言える。もしかしたら篠田《しのだ》でさえ、塔野麗子の谷崎潤一郎《たにざきじゅんいちろう》作品のナオミが初恋なのだから嫉妬したかもしれない。

「それは問答無用で愛し合うだろう」

「そういうものですか?」

自分には全くわからない感覚で、驚いて正祐は尋ね返した。

「想像だ。ただ、俺の場合はもしそうしたことから愛が芽生えても、その燃え盛るような激しい愛が長く続くとは想像できん。互いを伴侶に選んだおまえのご両親は、随分と心が強いように思うが」

まだ若く美しく激しく性的であった女優をイメージして一本の映画を稀代の監督が撮ったということは、情熱の大きさが生半可なものではなかっただろうとは、誰もが想像するようなことだ。

「そうですね。いえ、どうでしょう。そうなんでしょうか？」

一旦大吾に頷いてから、いいや自分には少しもわからない話だと正祐が立ち止まる。

「なんなんだ」

「あなたもご存じでしょう。私は家族を愛していますが、芸事《げいごと》には本当に疎《うと》く。むしろ創作や芸術という視点に立てば、あなたの方が私の家族に共感できるとも今知りましたし」

その共感は自分には一切ないものだと、正祐はこの場で知った。

「今あなたに問われたので、両親の結婚について初めて深く考えましたが」

「待て。深淵を覗くようなことになるならそこで止まれ」

「もう遅いです。深淵から覗かれております」

いつでも遠くに置いてきた自分の家族、両親、父と母が夫婦だという深淵を正祐が覗き込む。

「父と母は、結婚後一作だけ仕事をしておりますが。長女である姉が生まれて以降、二度と仕事をしていません」

「……何故だ」

迂闊《うかつ》に深淵を覗かせたのが自分だという自覚くらいはあって、責任を持って大吾は尋ねた。

「弟が尋ねたことがあるので、理由は私も聞いたことがあります。私自身の生き方からは遠い話だったので、そのときはあまり興味を持たずにただ聞いていましたが」

自分の人生に影響はないが両親の話なので、そのとき正祐はきちんと聴いてはいた。

「今突然私の人生にも関わる話になったと知りました。あなたの問いで」

そんなに自分の人生から程遠くもないのかもしれないと、正祐がすっかり深淵に覗かれる。

「子どもが生まれたので、家で子どもの前で怒鳴り合ったり子どもの父親である夫に物を投げたりすることはよしと思えず、更にすぐに私を身ごもったので離婚も避けたいと思い」

結婚当初、まだ仕事を共にしながら同居する夫婦がどんな有り様だったのかを、端的に深淵は教えてくれた。

「それで、子どもたち全員が成人するまで一緒に仕事をすることを封印したのよと、母が光希《こうき》に申しておりました……」

「それは」

深淵を覗くとき、深淵もまたこちらを覗いている。

哲学者フリードリヒ・ニーチェが「善悪の彼岸《ひがん》」に書いた、あまりにも有名な言葉を心で復唱して大吾は固まった。

「先人の、恐ろしい怪談だな」

「ただ、私と違って母はああ見えて大変気性が荒いですから」

「おまえは母も自分もどう見えていると思っているんだ」

ああ見えての行き先が行方不明だと、思わず大吾がいらない口を挟む。

「私は絶対に、人に物を投げたりしませんよ」

「そうか？」

しかし絶対にしそうもなかったことや言いそうになかったことを、この二年のうちにお互いかなりしているので、いつかはそんな日も来ようと大吾の方ではとっとと覚悟を決めた。

「結婚に対する感覚が全く違うんだな。おまえと俺は」

覚悟は決めたが、結婚のようなものだと勝手に決めたことは取り下げる。

「……悪かった。俺は今、おまえより随分と軽い気持ちで結婚と言ったようだ」

不意に、神妙な顔で大吾は正祐にまっすぐに謝った。

「あの……あなたは」

「待て。おまえに伝わるように説明できるかわからんが、俺は」

軽い気持ちで結婚を決めるのかと訝《いぶか》しんだ正祐を止めて、頭を掻いて大吾が得意ではない細やかな説明を試みる。

「正当化はできないな。俺にとって結婚しようと言うことは、誠意の形だ」

「愛情は、ないということですか？」

言われれば、出会った頃大吾が「連れもいらない」と事もなげに言っていたことと、過去の恋人に真剣になったらきちんと求婚したことや、自分にも結婚だと言ったことは大きく矛盾すると今更正祐も気づいた。

「愛情がない相手と結婚しようなどとは決して思わない。だが、生涯の伴侶として愛するという気持ちと、結婚という誠意を持つというのは俺には別のことのようだ」

「とても、難しいです」

ばつが悪そうな大吾が何か反省していることだけはわかって、正祐も咎めはしない。

「情人ができたら、結婚するという形を見せるというのは……俺にとってはほとんど思考のない形だったようだ。そこは両親をモデルにしていたんだな。今おまえと話したから、初めて自分の不徳に気づいた」

「ご両親をモデルにした、誠意に基づいた結婚が不徳だとは思いませんが」

何かを悔いている大吾の思考についていくことは難しく、それでも懸命に正祐も考えて答えた。

「正直に白状すれば、俺にとって結婚は当たり前の熨斗《のし》のようなものだったようだ。自分に呆れるが」

「結婚すれば、それが誠意を見せることだったということですか？」

今大吾が不徳だと言っているその気持ちで求婚したのなら、この世の全てを見てきたようなあの年上の女性には一蹴されて当たり前だと、正祐も呆れはする。

「その熨斗の中に気持ちが入っていなかったな」

「そうですか……」

「さっきまではだ」

今さっき正祐に「結婚だがそれがどうした」くらいの言い方をしたときはそうだったと、大吾は苦笑した。

「その言葉の中に、生きる連れを、伴侶であるということを入れると考え始めた。今」

「今」

「ああ、たった今だ。おまえがいて」

言い訳はせず、大吾がまっすぐに正祐を見る。

「おまえと、話したから考え始めた。俺には誠意の箱の中に入れる、連れがいる」

おまえがと言われて、そこに込められた悔いと愛情を正祐も疑いはしなかった。

「こんなに一瞬で、人は変わるものかな。いや……おまえといたからか」

二年以上のときを、大吾が振り返る。

「言葉だけだったので、軽い上によいイメージしかなかった。おまえは全く違うのに、俺の上物だけの価値観さえないに等しいことを押し付けて悪かった」

正祐は結婚を考えずに生きてきたことを理解して、大吾はそれをきちんと尊重した。

「そのように、何度も謝らないでください。私が結婚を考えずに生きてきたのは」

中に愛情の入った誠意には、自分も同じもので答えたいと言葉を探す。

「他人といることさえ想像がつかなかったからです」

まなざしを返して、正祐は僅かに恥じ入った。

「けれど今はあなたといますね」

お互い、中に何もなかった箱にいつの間にか愛情入ったと、思いがけず確かめ合う。

「ですから私の結婚観については、家族のせいにはできませんよ。私は家族の誰かのように自分がと考えるには、誰とも似ていませんし誰からも遠いです」

一つ確かなことを、正祐は改めて言った。

「そこは同じだ」

遠いという言葉に、大吾が苦笑してグラスを置く。

「父親が逝ってから、母も、義父も、俺からは遠い。二人とも好きだが、家族というにはあまりに遠いな」

実父が亡くなって母親が正反対の義父と再婚し、少年時代荒れに荒れて祖父に買い取られて岩手県の遠野《とおの》に連れられ、その祖父を見送る成人の頃までを民話の里で過ごした大吾には、両親は在るけれど近しい他者のような存在だ。

「同じだな」

「……ええ」

弱った目を見せた大吾を思いやって、正祐が瓶ビールを空のグラスに傾けてやる。

小さく礼を言った大吾に笑って自分のグラスにも少し注ぎ、二人はグラスを合わせ直した。

「まあ、女優と映画監督が結婚するのと、作家と校正者が一緒になるのは全く違う話だろう」

だがしかし深淵に覗かれた正祐は、この同居中に自分たちが正祐の両親とほとんど同じ状態になっていると気づき、大吾の方では全く頓着《とんちゃく》していないことには深く絶望する。

「一日に一つも、同居の試しの意味が積まれないと思っていましたが」

何もルールが決まらないと正祐は思っていたが、試している意味は日々実感した。

「一週間を過ぎて、一つははっきりしたように思います」

「俺たちが同じということか」

「いいえ、違うということですよ」

最早言い争う気力はなく、今この時まで睦《むつま》じくあったのに、これでは仲違いをするために一緒にいるようだと正祐はため息をビールで呑み干した。

「おまえはおまえで新しい仕事に入っているんだろうが、とりあえずこの狭い家に未発表の他の作家の原稿を持ち帰るのだけは駄目だ」

本格的に雑誌の短編小説を書き始めようとした土曜日の夜、まだ居間にいた大吾《だいご》は、正祐《まさすけ》もまた仕事を持ち帰る可能性があると気づいた。

自分以外の未発表作品が家の中に存在するのは、不適切では済まないと断じる。

「試し同居はあと……五日程度のことですから。次の山場は迎えません」

嘘は吐かなかったが、正祐は本当のことを大吾には教えなかった。

「そうか。ならよかった」

安堵して、パソコンで本格的に書く前の書き付けを、大吾が紫檀《したん》の座卓で始める。

正祐は自分の領地とされている玄関側からそっと窓辺に行って、三浦哲郎《みうらてつお》の「忍ぶ川」を開いた。この文庫の中に結婚文学として昨日大吾と唯一好みが一致した、「初夜」が入っている。

父親の高砂《たかさご》の話を大吾がしたので、読みたくなった。

黄色い背表紙の文庫を正祐が捲り始めても、大吾は気づかず物語の書き出しに集中している。

もう自分の存在もすっかり忘れているのだろうその横顔を、正祐は見つめた。

他の作家の校正原稿を、土日を使って見ることはない。

余程の困難な内容でなければ、正祐は期日を守って校正を終えられる。以前よりは校正者としてキャリアを重ねた今、実のところ、休日自室で集中して向き合うのは東堂《とうどう》大吾の原稿だけだった。

「……まったく、不適切です」

それは仕事の域を超えていて、自分がそうしたいから正祐はしている。

なのでもし本当に同居した後も大吾の方では懸念事項だと思っている他の作家の原稿は、正祐は持ち帰らない努力もできる。

「……？　どうしました」

何も言わず、突然大吾は立ち上がった。

問いには答えず、恐らくは聴こえずに書き付けを摑んで、そのまま二階の仕事部屋への階段を駆け上がって行った。


日曜日もほとんど会話なく過ごして、狭い家の中で時折すれ違うように正祐《まさすけ》がその姿を見ても、大吾《だいご》の目はひたすら物語の中を歩いているようだった。

出勤が始まった月曜日からの方が、大吾の邪魔にならない分楽だと正祐は思いながら、もう試し同居の終わりが見える水曜日の夜を迎えた。

「……何か二階で物音が」

いないかのように静かだと思っていると、居間の窓辺で本を読んでいる正祐にも聴こえるような独り言や歩き回る足音が聴こえる。

「今私がマンションに帰っても、きっとあの人は気づかない。帰ってしまおうか」

いても邪魔になるだけだという気持ちが半分以上、拗《す》ねた気持ちもいくらかはあった。

「また握り飯と漬物に味噌汁で足りるのだろうか」

読みかけの三浦哲郎《みうらてつお》の「白夜を旅する人々」を閉じて、天井を見上げる。

結局正祐は、短編小説を書き始めてから返事もしなくなった大吾に、食事を作ってしまっていた。

放っておけば大吾は自分で、何かしら力になるものを食べる。力がなくなれば夢遊病のように台所を歩き、時には立ったままそこにあるものを食《は》んでまた書きに戻るのを夜明けに正祐は一度見た。

原稿に集中している今は、正祐がそっと握り飯や味噌汁を置いていることなどわかっていない。あってもなくても同じだ。

それがなくても、大吾は生きて書く。今までも大吾は一人でそうしてきた。

「衣食住、特に台所のことが決戦だと思っていたのは、私だけだったのですね」

試しに一緒に暮らしてみないと全くわからなかったことを、正祐は思い知ることになった。

食は大吾にとって大切だが、大切な日常ではない。

正祐には食は大切な日常だ。当然二人ともがそうだと正祐は思い込んでいたが、全く違う。その違いは大きい。

二年以上、鳥八《とりはち》で数えきれないほど夕飯を共にしていても、正祐はその大きな価値観の違いにまるで気づけなかった。根本的な違いで、致命的な違いにも思える。

大吾の方では大事ではないので、恐らくこのことをほとんど考えてさえいない。

「……だから私の方だけが考えている」

大吾が超然として正祐が一人でキリキリしているのは、「お勝手をどうするか」という日常の食の問題が、正祐一人の問題だからだ。

試しに暮らしながらルールを作ろうと大吾は言ったはずだったが、これといったルールは十日を過ぎても作られる気配もない。仕事のために寝床を分けることだけは決めて、それは実行されている。

「あなたの命である、書くことにまっすぐ関わりますね。睡眠は」

閨《ねや》だけはきちんと分けた。

衣食のことを考えるのは、正祐だけだ。これから先も。

「終わったぞ！」

快活な声とともに、階段を駆け降りる元気な足音が響く。

「脱稿した！　今日はいつだ。一晩おいて推敲できるな。終わったぞ！」

「……お疲れさまです」

脱稿の現場に居合わせたのは初めてなので、大吾が無邪気に腕を伸ばしたりしながら喜んでいる様が、正祐には新鮮だった。

新鮮で、そして愛おしい。

愛おしければ正祐は、この大吾の姿を見ることだけで満ちてしまう。それで満ちてしまったら、正祐はもう自分のことはきっとどうでもよくなっていってしまう。

「腹が減ったな、晩飯どうする」

ちょうどいい時間だと、大吾はまたちょうどいいと言った。

この同居のきっかけから大吾が言う「ちょうどいい」は、一度も正祐にはちょうどいいと思えない。

「何故私だけが考えるのですか」

「？　俺も考えてるぞ。出かけるか、買いに行くか」

なんのことだと、大吾は正祐の潤んだまなざしを不思議そうに見ていた。

「いいえ、私だけがずっと考えています」

「俺は訊かれたことに答えている」

「答えていないし、考えていません」

全く噛み合っていない会話を、めあわせる力は正祐にはない。

「……どうした。原稿中放っておいたのを怒ってるのか？　だがこれは俺には」

「そうです。それはあなたの日常であなたの生きざま、あなたの命です」

短編とはいえ新しく意欲を持った題材に挑んで驚くほどの集中力で、衣食など省みることもなく小説を仕上げたばかりの大吾に、正祐は当たったりしたくない。

だからそれ以上は言葉が出ず、情けないことに涙が零《こぼ》れ落ちた。

「そんなに、寂しくさせたのか」

「いいえ……」

違うと声にしたら、嘘だとすぐにわかった。

「いえ」

嘘を吐いては、試し同居どころか一緒にいる意味がない。

寂しい気持ちは、どうしようもなく胸に溢れていた。

「寂しいことは寂しいです。なんのための試し同居か、あなたは覚えていますか？」

窓辺に屈んだ大吾に涙を拭われて、正祐が問いかける。

「これからずっと一緒に暮らして行けるかどうかの試しだ」

そのために正祐だけが、自分だけがどうしたら一緒に暮らせるのか、衣食が足りてと考えている。

自分だけがどうしたら大吾と生きられるかを考え続けていて、大吾は考えない。

本当に一緒にいたいのは自分だけだ。

そのことに大吾は気づきもしない。

涙を拭う大吾の手を振り払って、正祐は自分の領地とされている居間の玄関側に走った。

「いったい何が気に入らない」

胸にある思いをやはり今大吾にぶつけたくはなくて、持ち込んだ本と大吾に借りている本を畳のへりに積んで並べる。

「この線から入ってこないでください!!」

あんなに一生懸命ただ小説に集中する姿を見たのに、終わった途端に泣きわめく自分が嫌で嫌で堪らなくて、正祐は両手で顔を覆った。

こんなことなら昨日か一昨日、大吾が全く気づかない間にマンションに帰るべきだった。

情人として、今が最も大吾をいたわるべきときの筈なのに。

「……外でメシを食おう。おやじの顔を久しく見ていない」

一しきり正祐が泣いて泣き止むのを待って、大吾が言う。

もちろん機嫌のいい声ではない。

仕事が終わった途端に泣いて当たられて、気分がよかったらそれはもう大吾でもないし人でもないだろう。

「私はいいです」

「俺だっておまえが校正しているとき……っ」

何か言い掛けて、情けないと大吾は言葉を切ってしまった。

「これ以上ぐずるな。おやじの調子を見がてらメシに行こう」

静かな声で言われたら正祐も自分の態度がやり切れなくなって、「はい」と立ち上がり顔を洗いに洗面所に向かった。

鏡を見ると、酷《ひど》い顔をしていた。目は赤く不満を湛えて、好きな男と暮らしている者の顔だとはとても思えない。

「……お待たせしてすみません」

もう大吾が玄関にいると気づいて、洗った顔を拭いた正祐も沓脱《くつぬぎ》に下りた。

無言で、少し離れて九月の始めの往来を歩く。

中潮《なかしお》の月は薄く、二人の影を映し出して、二人とは言えないほど離れて歩いていることを教えていた。

駅が近くなると人が増え、鳥八の前に行って二人で言葉を失う。

「……おやじ」

「百田《ももた》さん……」

鳥八にはシャッターが下りて、白い半紙に「しばらく休み〼」ときれいな毛筆で書かれていた。

「調子が悪そうだったな」

「……ええ」

しばらくというのはいったいどのくらいのことで、何が理由なのか、想像の材料も持たない二人がただ無言になる。

「帰ろう」

ぽつりと大吾が言って、元来た道を二人は戻った。

「……鳥八が、いつからあそこで店をやっているか聞いたことはあるか?」

「いいえ」

さっきよりずっと近くを歩いて、食欲もすっかり失せて大吾と正祐は百田を思った。

「十年は過ぎたとしか俺も知らない。飲食店は十年継続率が十%以下だ。店が閉まるときは突然だし、何があったのかとかその後のことは客の俺たちにはわからん」

「……百田さん、おいくつなんでしょう。まさかこのまま」

店は閉まってしまい百田に会えないのかと、正祐は言葉にするのが怖い。

「正祐」

百田の話を続けてはよくない想像ばかりしてしまうと、大吾はその話を終えて正祐を呼んだ。

「俺が何か作るから、家でメシを食おう」

まだ空いているスーパーに行こうと、大吾が立ち止まる。

「私も、何か作ります」

家に帰って台所に立って、今日の腹を満たして動く力を得るために食事をしようと、二人はまた歩き出した。


男二人が立つと台所はとても狭かったが、正祐《まさすけ》が魚を焼いて、大吾《だいご》は胡瓜《きゅうり》を切って塩で揉んだ。

会話もなく、けれど波立ちはせずにゆっくりと食べて、声は掛け合わずにどちらからともなく食卓を片付けた。

灯りを落とした居間の庭から、気の早い夜の虫の声が聴こえる。

「明日で試しは終わりだな」

二人で窓辺に座って長くその虫の声を聴いてから、大吾が言った。

「そうですね」

是非は語らず、正祐も静かに頷く。

どうすると、大吾は訊かなかった。

「どうしてあんなに泣いた」

本で要塞を作ってと、ため息のように大吾がようやく問う。

「私だけが」

言葉にしなければ何もわかり合えないことは、何度も繰り返してきて覚えたはずだった。

「あなたと生きることを考えていると思って、それで悲しくなったのです」

覚えてきたはずなのに、傍らにお互いを過ごす時はまた心を驕《おご》らせる。

けれど言葉にしてみたら、大吾にではなく正祐にわかった。はっきりと。

好きな男とともにあることで変わってしまうのは、自分で止めなくてはならないことなのだと。

「おまえと暮らしたいと言い出したのは俺だぞ」

「あなたと生きるすべを考えているのは私だけです」

「一緒にこうして生きてるだろうが」

悪気のない大吾にはやはり拙《つたな》い言葉ではわからず、言いようを正祐は懸命に考えた。

「あなたは、あなたの力強い生をきちんと生きてらっしゃいます。それは私には眩《まぶ》しい程の力で」

そのことを咎める気持ちは、もう正祐には欠片《かけら》もない。

「私は、そのあなたとともにあろうとすると変わってしまうようです」

どうしてもそれを止められないのは自分なのだ。

「俺はどうしたらいい」

拙い言葉でも正祐が言わんとすることが僅《わず》かには伝わって、それはさせられないと大吾は訊いた。

「……すみません、わからないんです。私はずっと考えていました。あなたと暮らしながら私が私でいられるすべを」

「それは悪かった。俺も考える」

「いいえ」

悪くもないし、考えることもできないと正祐が首を振る。

「俺がおまえといるすべを考えられないと、おまえは思うのか？」

暗闇に瞳を覗き込まれ悲しみを孕んだ声で問われて、正祐は言葉を探した。

「あなたが考えるべきことではないです」

「どうしてそんなことを言う。俺は今」

さっき見た張り紙を大吾は思い出して、けれどお互いにそのことは口には出さない。

「おまえと一緒にいたいと思っている。ちゃんとだ」

多くは語られなくとも、もしかしたら人はいつか別れるものなのかもしれないと、自分たちはその怖さを抱いて夜道を戻ってきたのを正祐もよくわかっていた。

「考えるどころか、俺は変わったよ。向き合うものがいると、人は守りに入ると知った」

だいたいが家を建てようとしていると、大吾が見慣れた居間の床の間を見る。

「失わないことを考えるようになった。守る側は弱い。少なくとも俺は今まで攻めて生きてきた。弱くなると還る場所が気に掛かる」

同居は突然思いついたことだったが、いつからか自分の中に在った考えだと、大吾は正祐に明かした。

「俺は、自分のことを根無し草のように思って生きてきたんだぞ」

以前には家を建てようなどと考えもつかないことだったと、苦い顔で笑う。

「最初にそのことで、あなたと言い合ったと覚えています。あなたは何も持とうとしないと私は泣いて……あなたは飄々《ひょうひょう》としていました」

それが正祐には大吾で、二年が経ったがその根とも言える部分は変わらないと何処かで思っていた。

「……ああ、だから俺は変わったんだ。上物だけだった誠意の中に、愛情を入れたのもおまえで在ったからだ。あのときとは違う」

真実持たないのがずっと自分だったことは、大吾自身もはっきりと覚えている。

「おまえを得て、帰る家が気になり始めた。待つ者がいる場所に還れないというのはどういう思いなのかを、知った。きっと胸を裂かれるような思いだ」

月が傾く闇、微かな虫の声の中で語られて、正祐は何故《なぜ》大吾が新しい方角を見始めたのかを吾に問う。

「それで、漂流民のことを書きたいと思われたのですね」

鉛筆が何度も止まった「寺子屋あやまり役宗方清庵《むなかたせいあん》」二十二巻の音吉《おときち》の気配も、それでと大
「物語の中の時間はきちんと動いている。おまえもそう言ってくれたはずだ」

「その通りです。登場人物たちはみな、その時間を生きて成長して老いることが、ずっととて
も自然のことでした」

頼りない声で問われて、正祐は手放した校正原稿のことを思った。

今言うべきことではないと、一瞬は思う。

けれど大吾の小説のことは正祐の中では情人への深過ぎる愛情と、どうしても切り離せない
ものだ。

どんなに分けて考えようとしても、愛する人と愛する人の仕事は一体だ。

どちらも大吾の命なのだから。

「私は……漂流民に囚われるのは、あなたの変化なのだと思います」

控え目に、けれどはっきりと、やっと行き当たった違和感のわけを正祐が言葉にする。

「あなたの濁流です。宗方清庵の時間は、それに追いつくものでしょうか」

二つの情愛を以てしても、そこまでを告げるのが、正祐には精一杯だった。

ようやく知った。

「おまえとこの件について話したことは、俺には意味があったよ」

落ち着いた声で言われて、知らぬ間にもう答えが出ていると教えられる。

「漂流民のことは清庵には無関係だ。俺が自分の生を重ねて、流れていない速度で水を流した」

その不自然さが二十二冊目の物語に及んだと、急いだ自分を大吾はやっとわかった。

「もう一度、二十二巻がおまえの手元に行く。あの時間軸の中からは、漂流民について一切を消した」

苦笑して、明日辺り知らせが行くだろうことを、不適切に正祐に伝える。

「清庵に俺の時間を乗っ取られた思いだが、物語の時間を尊重した」

言ってから、自分の過失に大吾は顔を顰《しか》めた。

「当たり前だな」

自分と向き合うことをやめない、作家でしかないように映る男が、けれど正祐にはやはりどうしようもなく愛おしい。

「正祐」

さっき洗ったばかりの正祐の頬に、大きな掌で大吾は触れた。

「泣くのは、愛情がある相手か」

笑って言われて、その言葉は確か自分が言ったと正祐が思い出す。

同居の発端となった、弟の光希《こうき》の話だ。

「俺は大事なことはちゃんと聴いているし」

一人で生きているつもりはないと、大吾が言う。

「ちゃんと、覚えているよ」

額を合わせて、唇を合わせるだけのくちづけを大吾は正祐に施した。

「書くことが全てで、読む者のことも考えたことはなかった」

「……今は、思うようになったのですか？」

二十二巻の違和感に何処《どこ》までも拘《こだわ》った大吾の大きな変化に、正祐も気づかされる。

「おまえがここにこうしているように、俺は一人で生きていないと知った気でいる。化政《かせい》文化の本が散乱して、あの日不意に思いついた同居だったが。突然じゃあない」

いつの間にか、こうしてお互いが傍らにいるうちに時が満ちたのだろうと、大吾は言った。

いつの間かと考えたら、正祐も自分が一度も結婚を望んだことがないのに、大吾と寄り添うすべをひたすらに考え続けていると知る。

「私は、そもそも誰かと暮らせるとも考えたことがありませんでした」

一人で生きてきてずっと一人で生きていくと信じていたのに、他人と暮らそうと願ったから正祐は今まで思わなかったことを必死で考えた。

「二人になったのに、なんだか弱くなったようだな。俺は」

自然と抱き合って、窓辺に倒れる。

「……それは私もです」

くちづけられて、正祐は自分からもくちづけを返すように大吾の背を抱いた。

肌をまさぐられ、うなじを吸われて「待って」と言いたい正祐の息が上がる。水を使いたい、寝床に行きたい。

「……っ……」

それをいつでも正祐は乞うのに、体が言葉を放ってくれなかった。

シャツを脱がされて、夏なのにと身を捩《よじ》る。肩を舐《ねぶ》られて、待ってと乞うたらはしたない声が出てしまうと大吾の背にしがみつく。

ゆっくりと、けれどほとんど抗《あらが》えずに、すっかり裸にされてしまった。

「ん……っ」

大吾も肌を晒して、それを合わせられて正祐がまた声を詰まらせる。

この家に暮らして、初めて四夜続けて大吾に抱かれた。それも大吾はこうして傍らにあるのが嬉しいと、何か感じたことのない初々しさを持って正祐に触れた。少年のように。

「待って……っ」

やっと待ってと言えた頃には、大吾の指を正祐は濡らしていた。

初めて抱き合う少年のように性急に、けれど大人の男の体で大吾は正祐の知らない熱を見せる。

「あぁ……っ」

掻き抱かれて身の内に大吾を知って、四夜の後少年に捨てられたようになった体がその男を求めていたと、強く震える肉に思い知らされた。

体が交わるのと同じに、心も交わっている。

こんなにもお互いが近く、時に肌は己との区別もつかない。

「……っ……」

こんなにも愛しい者と、共にいられないはずがない。

丸二週間となる木曜日、とりあえずまた鳥八《とりはち》に行ってみようと大吾《だいご》と約束をして、正祐《まさすけ》は会社を出た。

「まだ日が長いな」

タイミングが丁度篠田《しのだ》と一緒になり、午後七時になっても夕暮れのような往来を歩く。

「正祐！」

そのまだ明るい往来で、正祐はよく知った青年の声で名前を呼ばれた。

「……光希《こうき》」

声の方を見ると、黒い大きな車から上背のあるどうやっても人目につく弟が、また派手な姿で兄に向かって駆けてくる。

「うわ宇宙の女は俺ののものスーパーアイドルが西荻窪松庵《にしおぎくぼしょうあん》に……。塔野《とうの》、じゃ俺はお先に!!」

危機管理能力の高い篠田は右手を軽く立てるや否や、一目散に光希とは逆方向に去って消えた。

「光希……手紙読んでくれたの？」

せっかく大吾が止めたのに事の根本が呑み込めていない正祐は、ならば封書でと切手を貼って光希と三四郎の既視感を全力で手紙にしたため、なのにあんな言葉を聴かせて本当に悪かったと気持ちの上では一万回謝った。

「おまえ……俺この手紙読むのに一晩掛かったぞ!!　漢字も読めねえし！　返事なんか書けねえから来た！」

スーパーアイドルの超過密スケジュールが理由の他にも、「返事なんか書けねえ」理由があるのは校正者で読書家の兄にはよくわからない。

「返事なんていらないよ。お兄ちゃんはただ光希に謝りたくて」

「ただ謝りたいような内容かこれ！　三四郎とか坊ちゃんとかその比較がとか、最後まで読んでやっとおまえの気持ちがちょこっと書いてあっただけだぞ!!」

「一万回のごめんなさいを込めたつもりなんだよ」

「十回ごめんなさいが書いてあったら伝わる！　それに……っ」

黒い車ではマネージャーが待っていて、塾帰りの小学生男子が「宇宙の女はおまえのもんじゃねー」と光希を指さして行った。

「それに、何考えてんだよおまえ！　光希はもうお兄ちゃんが嫌いですか？　ってどういうつもりだ!!　おまえに本のことで泣かされるのなんか慣れてる！　そんなんでいちいち嫌いになってておまえの弟やってられっか!!」

当の兄としては何も矛盾のない小言を言われて、しゅんとして俯くしかない。

「……ごめん、光希。だけどふと気がついたんだよ」

そんな言葉を弟への手紙に書いてしまったのは、正祐には別の理由があった。

「何が」

「少し前まで、光希はいつも重力との関係性が不明な摩訶不思議な衣装の写真をメールで送ってくれてた。一口に何通も」

「三言くらい余計だ、正祐」

アイドルのステージ衣装を着て写真を撮っては兄に送り付け、褒めろと言い続けていたことは弟の方でも忘れていない。

「いつの間にか、全く送られてこなくなった。それは、あの奇妙奇天烈な衣装を言葉を尽くして褒めることはとても困難なことだったけど」

「二言くらい余計だ、正祐」

「来なくなったから、もしかしたら光希お兄ちゃんのこと」

「バカ」

嫌いになったのかとまでは言わせず、光希は正祐の額を指で弾いた。

「あれは、おまえのために送ってたの」

「……知ってるよ。ううん、途中で気づいた。光希がお兄ちゃんのこと、心配してくれてるってことに」

「心配しなくなったから送らなくなったんだ。おまえいつもずっと一人でいるんだって、俺思い込んで心配してた」

向き合って目線の高いところから、幼い頃と変わらないようでいてとても頼もしいまなざしで、弟が兄を見つめる。

「一人じゃなくなったんだろ？　正祐」

愛おしげに、寂しげに問われて。

大人の目をするようになった弟が、いつそのことを知ったのかと正祐は不思議だった。

「あ！　うっそコーキじゃん!!」

男子のようにはやし立てて去ってはくれず、女子中学生たちが卒倒しそうな勢いで立ち止まる。

慌てたマネージャーに手招きされて、笑って光希は肩を竦めた。

「またな！」

構わず大きく手を振って、光希が車に駆け乗る。

走り出した車を女子中学生たちが走って追おうとするのに、「なんと危険な」と正祐は無事を確かめるまでそこに立ち止まった。

「あ」

車が見えなくなり彼女たちがあきらめたのがわかって視界から人が消え、けれどその光景に光希がメールをよこさなくなった理由に気づく。

去年の夏、年上の女優とスキャンダルを起こしてそんな風に人に追われていた光希を、正祐はここのすぐ近くのマンションに匿《かくま》った。

そのことを知った大吾が、今思えば何日も外に出られない光希の相手をするために通ってくれた。

どんな風にかはわからないけれど光希は、正祐が、兄が人と添うところを見て知ったのだ。

「あの時にはわからなかったよ、光希」

一年が経って、やはり自分は変わったのだと、見えているものの多さを正祐は頼りに思うことにした。

当たり前だと驕《おご》ったことはないつもりでいたが、やはり何処《どこ》かで実家の食事のように慢心していた茗荷《みょうが》を赤味噌で漬け込んだものを刻んで入れた出汁《だし》茶漬けを、大吾《だいご》と正祐《まさすけ》は鳥八《とりはち》のカウンターでさらさらと腹に入れた。

「おい、なんかあったのか大将」

いつから閉まっていたのかもわからないが、とにかく今日何事もなかったかのように百田《ももた》は店を開けて、満席となった狭い店のあちこちから体や店の心配をされている。

大吾と正祐は何も問わずに、ただ出されたものをありがたく食べて、呑んだ。

「膝に水が溜まってね。医者が嫌いだから我慢していたんだが、観念して抜いたんだよ」

奥のテーブルで百田が恐々と言うのが聞こえて、大吾と正祐は顔を見合わせてそれをそのまま信じることにした。

「こっちも店を閉めてはいたが、二人もご無沙汰だったね」

あちこちに呼ばれて忙《せわ》しなさにも穏やかな表情を変えない百田が、カウンターの中に戻ってくる。

「言われればそうだな」

一緒に暮らしていたせいで、毎晩正祐が食事について考えるのと、互いの仕事があったのとで間が空いたと大吾が気づいた。

「米を入れたところになんだが、珍しいもんだから食べていきなよ」

順序が戻ってすまないと百田が、何かを酒で蒸して、白い器にそれぞれ二つずつ二人の前に置く。

「……ムール貝ですか？」

この店には合わないが似ているので、正祐はその貝の名前を口にした。

「カラス貝じゃないのか」

「シュウリ貝というんだ。日本のもんだよ、新鮮なのを酒蒸しにした」

さあどうぞと言われて、初めての貝を大吾と正祐がそれぞれ頬張る。

「海の味です……！」

「これはうまいな」

初めて聞く名前の貝を振舞われてそれを肴に酒を呑んで、もしかしたら百田はふいと何処かに楽しい旅をしてきたのかもしれないとも、二人は思うことにした。

もう会えないかとさえ心の底で案じた百田《ももた》が普通に店を開けている姿を見て、これが自分たちの日常と、大吾《だいご》と正祐《まさすけ》にも安堵が訪れた。

二人で仲良く家に戻り、居間でまたビールを少し開けて夜風を受ける。

だいたい結論が出たような、そんな和やかな空気が漂っていた。

「そういえば、俺が言ったものは持ってきたか?」

結論が出たならと、大切なことを思い出して、紫檀《したん》の座卓に大吾はグラスを置いた。

「『奉教人の死』のことですか?」

初日から持って来るように言われていた「あるもの」だと正祐がすぐに察する。

正祐が最も好きな小説、芥川龍之介《あくたがわりゅうのすけ》の「奉教人の死」を、大吾は持っているだけ持って来いと言っていた。

「ああ」

「実家に置いている分もと言われましたが、これは全て手元に置いていたのでそのまま持ってきましたが」

立ち上がり居間の玄関側に行って、大切に包んであった箱を大吾の目の前に運ぶ。

「各出版社から出ているものは、違う芥川龍之介作品と合わせてあるので一通り持っています。新潮文庫版は、パラフィン紙がついているものが一番古い版で。これは古書店で探しました」

六十年代の、薄い半透明のパラフィン紙がカバーになっているルビのように細かい文字で書かれた本を、恥じらって正祐は大吾に見せた。

「……その他に五冊ある新潮文庫版は、先日の『ヴィヨンの妻』の話のような理由で買い求めたものか？」

山と積まれている「奉教人の死」に、ある程度覚悟はしていたものの大吾の顔が強張《こわば》る。

「もちろんそれもあります。出先で見かけると買ってしまったり。けれどそれだけではありません。時折表紙を変えてきたりするので、それは手元に置かないわけにもいかず」

表紙を変えてくる方が悪いと、正祐は被害者面《づら》だった。

「これで全部か」

「この他に、上製本の日本文学全集と芥川龍之介全集にも入っておりますがさすがにそちらは置いてきました」

「……なるほど。そうか」

頷いて立ち上がり、大吾が無言で二階に上がる。

まさか突然何か執筆に入ったのかと正祐が驚いていると、大吾も小さな箱を持ってまた部屋に戻ってきた。

「これが俺の『奉教人の死』だ。今日昼間倉庫に取りに行った」

文庫が三冊、大吾の方では律義に全集物も三冊入れている。

「私に見せてくださるためですか？　ありがとうございます」

「違う」

「奉教人の死」ならどの本でも見られるのは嬉しいと浮足立った正祐の手を、大吾は止めた。

「この本が最も顕著《りんちょ》だろうと思って、おまえの持っている分を持って来いと言った」

「顕著？　ですか？　でも『ヴィヨンの妻』も文庫が三冊あることをわかっていたので、実家に行ったんですよ」

だからこれが特別多い訳でもないと、正祐は大吾の意図がわからないので正直に言って笑う。

「……せめて文庫は、一冊ずつにしないか」

合理的な話にするつもりだった大吾は、すっかり言い出しにくくなっていたがそれでも初志貫徹で正祐に告げた。

「え」

一体何の話だと、笑ったまま正祐が固まる。

「『奉教人の死』は仕方ないにしても……いや、それを言っていたらきりがない。せめてこの五冊の新潮文庫を一冊にしよう、正祐」

「一人一冊ずつということですか」

「二人で一冊だ」

二人合わせて今九冊ある新潮文庫の「奉教人の死」を、大吾は一冊にすると言った。

「ちなみに、ならばあなたはどの一冊を残して残りの八冊をどうするとおっしゃるのですか」

「残りの八冊についてから先に言わせてくれ。重複し過ぎている文庫は、寄贈先を探して多くの人に読んでもらうのが本も幸せだろう」

「私と本の関係の中で、私の幸せについては多く考えて来ましたが、本の気持ちになって本の幸せについて考えるとはあなたはとても夢見がちな人ですね」

まずこの六冊を一冊にすると考えただけで、正祐の顔が能面と化す。

「夢見がちっておまえ」

「そしてあなたはこの中からどの一冊を残すおつもりかをお聞かせください」

ただでは置かないという気を存分に発して、正祐は大吾を問い詰めた。

「簡単には決めない。きちんと吟味する」

言葉の通り大吾は、一冊一冊を丁寧に開いて見た。文字を読み、奥付を見る。

「これだ」

そしてごく最近自分が新宿の書店で購入した一番新しい版の「奉教人の死」を、正祐に見せた。

「何故」

「この一番古いパラフィン紙がついた文庫は、おまえがどうしても持っていたいというのならそれは致し方ないから外そう」

若干「殺されるかもしれない」という危機を感じて、六十年代版を大吾が避ける。

「だが他の版は似たり寄ったりで、違いは文字の大きさだ。文字は大きい方が目にいいだろう。

その中でもこれが一番新しい」

「あなた今何をご覧になったんですか⁉　こちらの版には旧漢字が混入しているのですよ！」

「そ……れは……、じゃあこれは新しいからいらないんじゃないか」

変わり種のイラストがついた文庫を、大吾は指示した。

「いらない本など一冊もありません！」

最近の正祐にしてはかなり強く、大吾の主張を断じる。

「だがこうして何冊もある同じ本を二人ともが持ち寄ったら、それこそバベルの図書館のように構造不明の建物でもなければ入りきらんぞ！　せめてお互い一冊ずつにする努力をする気もないのか‼」

正祐の言っていることは本当は大吾も言いたいことだったのだが、実際書庫を建てようと考えて蔵書の面積を少し計算し出したら、大吾は現実の大きさが多少見えてしまった。

本の量の大きさだ。

「あなたがそんなことを言うとは思いませんでした！　無限の書庫を作るというあなたの言葉を信じて頼りに思っておりましたのに……っ」

「俺の甲斐性《かいしょう》がないような物言い、聞き捨てならない！」

「実際そう思っております！」

「おまえがそんなことを思うなどと俺は心から驚いている‼」

間にあるのが大切な本なだけにあっという間に二人とも逆上して声を上げると、窓が開いていたせいで「うるせえ！」と往来から叫ぶ声が届いた。

「……いかん、我を忘れた」

慌てて大吾が立ち上がり、窓を閉める。

「私もです……すっかり我を忘れました」

一冊にされては堪らないと、正祐の方は慌てて「奉教人の死」を箱に詰め直した。

「……すっかり仲直りができたような気がしておりましたけれど」

泣いて大吾を咎《とが》め、その涙を大吾に抱かれた昨夜のことを、正祐は言った。

「あれは、百田さんのおかげでしかなかったように思います。大変な不徳に我ながら絶望しますが」

大喧嘩をして鳥八《とりはち》に行ったら、定休日でもないのに初めてシャッターが閉まってしかも張り紙がしてあった。

「確かに昨日は、鳥八が理由がわからず閉まるという非日常が持ち込まれた大きな不安から、まだ若輩の俺たちも喧嘩などしている場合ではない明日は何があるかわからないという教訓が一瞬与えられて関係修復に至ったが」

それは、なんなら二人をまとめて殴って無理矢理仲直りさせたのと同じことだ。

「仲直りはこうして一瞬のことでしたね。あまりにも大きな非日常があって初めてできた修復だったのであって。鳥八が閉まっていなければ私はあのまま、やはり夜叉の子なのかと思うことになった気がします」

「なんのことだ」

夜叉の子とはと、険しい顔で大吾が尋ねる。

「あなたに物を投げつけない自分が不思議だと思えるほどには堪えておりました」

本で要塞を作って「そこから入らないでください」と叫んだ時、もし大吾が境界線を越えてきたなら、母親と同じに手近なものを投げつけたかもしれないくらいに頭に血が上っていたことを正祐はきちんと覚えていた。

「おまえに物を投げつけられたら、俺も最後の理性が飛んだだろうな」

そうするととうとう摑み合いになったのかもしれないと、暴力を全く好まない大吾の顔がますます険しくなる。

「こんなことになるとは。……もうこうして共に在って、二年を過ぎたのに」

しかし正祐が自分に物を投げたかもしれないとは全く想像もしなかったと、大吾はふと長い息が漏れた。

「まだ知らないな、俺たちはお互いのことを」

やれやれと言って、大吾が正祐に向き直る。

「正祐」

改まった声で、大吾は正祐を呼んだ。

「二週間目だ」

試し同居の唯一のルール、最低二週間は不要な外泊をしないというその夜がきたと、改まって大吾が告げる。

「嫌になったところですぐやめていたら、まだお互いをわかっていないというところに辿り着けませんでしたね。このルールはそのためでしたか」

存外聡明なルールだったと、そのことさえもが今の正祐には口惜《くちお》しかった。

「ここまでのことになるのは見越してなかった！　だがお互い意外と短気なのはわかっていたからな」

すぐに破綻するような予感もあったが、実は楽観の方が大きかった大吾の気勢が下がる。

「恋の魔法は三年という言葉を知っているか？」

結論は見えてきて、大吾は戯言を口にした。

「俗ですが、聞きますね」

「遺伝子を保存するための本能であながち馬鹿にしたものでもないともいうし、まあ、恋でなくとも人はだいたい三年も同じものを見ていたら飽きる。知り尽くしたら飽きるだろう」

その言葉に正祐が僅かに不安を見せたのに、大吾が違うと苦笑する。

「どうやら俺はおまえに飽きることはないようだが、同棲はまだまだ早いようだな」

「その言葉、そっくりそのままお返しします」

二週間目の夜、二人は一致した結論に辿り着いた。

「おまえを本だとするなら、読んでないところが思いの外たくさんある。その上これから新しく書き足されるところもあるんだろう」

大吾は正祐を本だとして新しい頁を捲ったというのなら、校正に最も集中する姿を初めて見た。自分など全く眼中になく、忘れ去っているのに最初は腹も立ったが、段々とただ見とれるだけになった。

文字と向き合う横顔の凛《りん》とした美しさを、潔《いさぎよ》さを初めて見た。

「そうですね。あなたのことをまだほとんど知らないのではないかとさえ、思いました。私はこの二週間で」

正祐は昨日泣いた理由を大吾に最初寂しくさせたからかと思い違えられたけれど、執筆中の大吾のことは本当は永遠に見ていたいとさえ思った。自分がいないかのような大吾を正祐はとても好ましく思い、もっと言えば胸が強くときめいた。黙って世話をしてもいいと思い、それでは自分が変わってしまうと恐れた。

変わってしまうと、正祐は大吾に教えたが、大吾はきっとちゃんとはわかっていない。その意味が。

きっと、そんな風に自分が変わることを大吾は望まないともわかる。けれど書いている大吾のそばにいたら、今の正祐では大吾を支える者に変わってしまう。

「あなたは、望まないのに」

ふと独り言ちた正祐の言葉の意味が、やはり大吾はわからない。

説明を、正祐はもうしなかった。

自分が知っている大吾は、それを望まない。その揺らぎのなさをまた正祐は好きになった。だから自分もまた揺らがない芯を持つまでは、同棲はできない。

口惜しいので正祐は、それはまだ大吾には教えない。

互いを愛する他に己を支えている芯を、こうして初めて裸にして見せ合った。

大吾も正祐も、命の傍にある仕事と向き合う情人の、自分の情人としてではない姿を初めて見た。

見たことはなかったのに、その人のその心がとても好きだと、ずっと前から知っていた。

「家を建てるのはやめだな」

「ええ、まだ別れたくないです」

「俺もだ」

だが近くで毎日見つめているには、今はまだ痛いほどに眩しすぎる。

「しばらくは顔を見たくありません」

大切な本を一冊にしろと言われたことを忘れていない正祐は、明日からの週末はすっかり離れて過ごしたいと告げた。

「……そこまでか？」

一方大吾は二週間とりあえずはいつでも顔が見えるところにいた正祐が、突然いなくなるのが寂しいように思えている。

「はい」

清々《すがすが》しく答えた正祐は、既に一刻も早く幽霊マンションに帰りたかった。

「試してみるもんだな！」

この時点でお互いの気持ちが逆方向を向いているのを知って、大吾が声を上げる。

長く寄り添って慣れたつもりの情人に、まだ読み解けないところがある。まだ打ち明けられない気持ちがある。

それはきっと、この先がとても長いということだ。

「私たち、もう睦《むつ》まじく暮らせるものと思い込んでいましたね……」

「喧嘩の果てを見たとか一番大きな山を越えたとか言ったな」

何もかもをわかり合ったと思い込んだ二週間前は、まだ何もわかっていなかったと思い知る。

二人はただ俯いて、それぱかりは同じに恥じた。

色悪作家と校正者の朝顔

いろあくさっかと
こうせいしゃの
あさがお

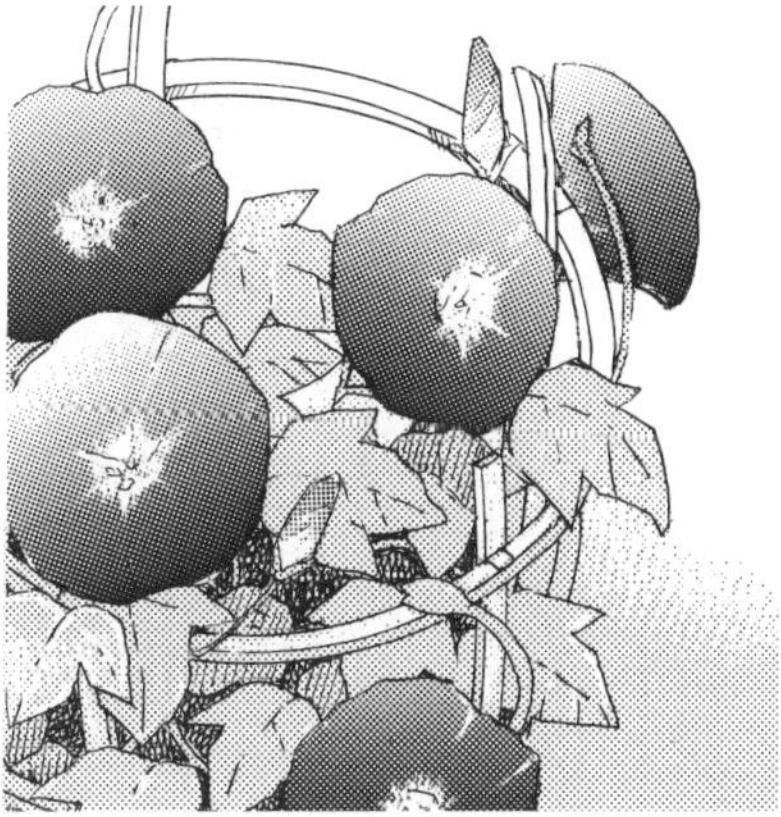

少し長く留守にするので、家に風を入れてほしい。

しばらく顔も見たくないと塔野正祐《とうのまさすけ》が言ったのにかまわず、まだ残暑の厳しい長月《ながつき》の白露に東堂大吾《とうどうだいご》はそう言い残して、五日ほどの旅に出てしまった。

「行き先も言わずですか……」

一軒家の鍵を預けられて、同棲を解消したばかりの大吾の家を白露翌日の日曜日から正祐は訪ね始めた。

今日は月曜日の朝で、出勤よりかなり早い時間に正祐は西荻窪松庵《にしおぎくぼしょうあん》の古い家の小さな庭にいた。

「本題はこちらでしょうに」

五日も留守にすると家が傷《いた》むと大吾は言ったが、「そうだついでに」と下手《へた》な芝居で頼まれたのは朝顔の水遣《みずや》りだった。もう九月だが、行燈《あんどん》仕立ての青と紫の中間のような色の大ぶりの朝顔が美しく咲いている。

まだ咲くようなので水遣りをしてほしいと言われて昨日初めてこの朝顔の存在を知り、蕾《つぼみ》が多くあったので今日は花を見るために早朝に起きて正祐はこの庭にきた。

「きれいな、清々とした青ですね。あなたのようです」

家主がいないので、好きに呟く。

行燈の蔓は随分伸びて、家屋の雨樋に絡まっていた。ふと今日改めて朝日の中で蔓を見て、正祐はこの朝顔が夏の間ずっとここで咲いていたことにようやく気がついた。

「二週間の試し同居の間もあなたは水をあげていたでしょうに……？」

つい三日前まで、正祐はこの家に二週間も住んでいた。しかも朝顔が蔓を伸ばす雨樋の沿っている居間を、「半分使え」と大吾に言われて寝起きもしていた。

「この素人仕事とは思えない行燈仕立ては恐らく、入谷朝顔まつりのものでは。校正資料で何度か見たことがあります。だとすると」

少なくとも七夕頃から、青い朝顔は東を向いてここで咲いていたと考えられる。

以前なら簡単にはたどり着けなかった一つの答えに、正祐は行き当たった。

「女性ですね」

呆れたため息を、正祐は一人庭に落とした。

主のいない部屋の縁側に腰かけていると、九月の朝も段々と眩しさが増してくる。

「東堂大吾先生に入谷朝顔まつりの朝顔を土産《みやげ》にするというのは、何も不自然ではありません。ただ、こんな情緒を持った好意をきちんと形にする女性はきっと」

著名なフリーの歴史校正者、慶本《きょうもと》女史だろうとまで正祐は推理した。拙い正祐の想像でしかないが、彼女の大吾への興味は仕事上のものだけだと感じている。

「だとしたらあなたは何故《なぜ》、二週間、いいえ二か月この美しい青い朝顔を私に見せてくださらなかったのでしょうね」

腹を立ててふいと立ち上がり、正祐は居間の中に入った。

正祐が出会ってからも大吾はこうして、五日から長い時は一週間家を空けることがあった。取材であったり、取材を名目にした旅行であったり。家にいて本を読むことがずっと至上の幸いであった正祐から見ると、大吾はよく旅行をする。

「今回はどちらに行かれたのか」

朝顔の水遣りがあったので初めて頼まれたが、朝から暑さが上がってきたのもあって正祐は一部屋一部屋窓を開けて行った。

留守をした家が廃屋《はいおく》のような匂いになることは、正祐は祖父が亡くなった後に経験している。瞬く間に空気が淀《よど》んだのを思い出すと今も辛《つら》く、普段なら一人では入らない大吾の書斎の窓も開けた。

「……何か、珍しい本が」

机の上に、一冊の本が置かれていた。

この家に正祐がいるとき、大吾は本を読むなら一階の紫檀《したん》の飯台《はんだい》に向かって読んでいる。あの落ち着いた姿勢を見ているると正祐がいるからではなく、一人の時でも本を読むのはあそこという習慣なのだと想像がついた。

だがこの本はどうやら、書斎で椅子に座って、出かける直前まで読まれたように見えた。

古い本だ。けれど清潔で美しい本だった。白地に青い絵が在る。

手に取っていいものか、長いこと正祐は悩んで立っていた。本だ。大吾の日記ではない。いつもなら本があって読むのに迷うことはない。

欲望に負けたというのではなく、ただ本が美しく、僅かな罪悪感を持ちながら正祐はその重い本を手に取った。

カバー絵は、ゴッホの「病院の中庭」だと最初の頁が教えてくれた。

作者は神谷美恵子《かみやみえこ》。本の題は「生きがいについて」だった。

数頁を読み、いつの間にか正祐は畳に座り込んで本を読み入った。それはいつものような、「そこに本があればどうしても読んでしまう」という読書欲とは違う行いだった。

ゆっくり頁を捲《めく》って、時には戻って、正祐は丁寧《ていねい》に文字を読んだ。

「……あ」

やがて自分がこれから出社するところだったとなんとか思い出して、立ち上がり、本を鞄《かばん》に入れたいところだったがそれはできずに元の場所に置いた。

毎日でなくともいいと大吾《だいご》には言われていて、正祐《まさすけ》もそれでいいと思っていたが、翌日も翌々日も早朝に水遣《みずや》りと風通しに行った。

朝顔は毎朝咲いてくれた。随分と薄い花びらなのに、強い青だ。紺碧《こんぺき》というのが相応《ふさわ》しいのかもしれないが、真ん中の白い花筒に水が湛《たた》えられていると錯覚するほど透き通って見えて美しさに立ち尽くす。

花の美しさに後ろ髪を引かれながら二階に上がって毎日同じ本を読んで、正祐は会社に行っていた。

「どうした?」

いつも大吾に言われると何故《なぜ》だかとても心が揺れる言葉を、庵《いおり》のような歴史校正会社庚申社《こうしんしゃ》の二階校正室で、隣の机から同僚の篠田和志《しのだかずし》が正祐に言った。

「本を、読んでいるんです」

手元には仕事の歴史校正を置きながら、珍しく正祐は篠田が今何故「どうした?」と言ったのか理解した気がして、短く答える。

「会社には持ってこないのか」

その理解は合っていたようで、何か様子がいつもと違う理由が新しい本であることを、すぐに篠田は知ってくれた。奇《く》しくも今日の篠田の眼鏡のフレームは、全体が深い紺碧だった。

「借り物というか……無断で、人の本を読ませていただいていまして」

それは罪悪感と後ろめたさのあることだったが、正直に正祐が打ち明ける。

「へえ」

大切な書棚を絶対に見せてくれない読書家の篠田は、無断で人の本を読み続ける日々がどんな状況なのか暫《しば》し想像しているようだった。

だいたいの想像がついて、持ち主が自分ならともかく、それはとても楽しい冒険と受け取ってくれたようだ。

「心ここにあらずでもないな」

一冊の本を日々読み続けている、そんな風情《ふぜい》だと理解しながら、正祐が地に足がついて見えることを篠田が不思議がる。

「私には想像ができない多くのことが書かれていまして。難解なわけではないんです。文脈は理解できます。むしろ平易です」

繰り返し、正祐は青い庭の描かれた表紙の本を捲っていた。

「でも、どうしても理解に及ばないんです」

印象に残る言葉が多すぎて、一つ一つが入ってこない。

長く、もしかしたら永く故郷を離れている人がその故郷の線路が何処《どこ》まで通ったか知って喜ぶ様を読んで、正祐は何も思うことができなかった。

胸を詰まらせる権利もないと、感じた。帰れない、帰ることを奪われた人々の持つ喜びに、何か感想を持つことさえ自分に許すのは難しかった。

「それは珍しいことに、おまえは本の外側にいるんじゃないのか？」

少ない言葉で語られた一冊の本と正祐の距離を、篠田が想像する。

「本の外側……」

その篠田の言葉には、正祐は十分吃驚《きっきょう》した。いつでも本を読んでいる時には本とともにあった。本が正祐の世界だ。

本と自分が別に存在しながらそれでもその本を読む。

篠田の言うようにそれは珍しいどころではなく、正祐には今までにあり得なかった経験だった。

「いい本を読んでいるんだろう。時を置いて何度でも読むといいさ、本は逃げない。放さなければな」

それが本のいいところだと、やさしく同僚が笑う。

なので正祐は持ったことのない経験に、過剰に動揺しないで済んだ。

「……ありがとうございます」

「なんだか随分落ち着いたな、おまえ。お勝手のことが片付いたか？　よかったな」

ついこの間正祐が尋ねた悩みが解決したのかと、問いかけておいて篠田は完結させた。

「あれは、揉《も》めることも解決する事もないまま終わりました」

完結させられてしまったが、実際台所問題については第一部完といった展開だ。正祐にとっての大きな問題を大吾は気づいていないし、気づかないのは生活が違うからだと正祐も知ったので第二部は訪れない気もする。

「お勝手の揉め事相談には乗れなかったが」

相談に乗らなかった罪悪感はまるで見せず、篠田は何故だか穏やかな声を聴かせた。

「俺はおまえが人間といるのはいいことだと思うよ」

本の外側にいると今言ったことと、篠田のその言葉は繋がって感じられる。

「以前より、疲れなくなりました」

隣にいる人に言われたので、ふと正祐はそのことに気づいて笑った。


五日間、早朝正祐《まさすけ》は苦もなく起きて大吾《だいご》の家に通った。

朝顔に水を遣《や》り花をしばし眺めて、窓を開けて歩いて、そして同じ本を読んだ。速読の正祐だが、読み終えるのに時間がかかった。

「日に焼けられましたね」

途中、金曜日に大吾から帰ると連絡があって、しばらく会いたくなかったはずの情人の家に泊まるために正祐は会社帰りに訪れた。

「そうだな。思いの外日《ほか》ざしが強かった」

何処《どこ》に行ったか大吾は話さなかったが、遅い時間になったからと南の日本酒と土産《みやげ》の燻製《くんせい》で、二人は居間で軽く呑んだ。

紫檀《したん》の飯台《はんだい》に、なんとはなしに並んで座っていた。

「朝顔がまだ咲くようだ。世話してくれたんだな、ありがとう。家も、風を入れてもらうと全く違うもんだな。いつもこういう時に一人で帰ると廃墟のような匂いがして、あれは嫌なものだった」

助かったよと、大吾にしては随分丁寧《ていねい》に礼を言う。

「わかります。空気が止まると嫌ですね」

「ああ、淀《よど》む」

今まで正祐が見たことがないほど、大吾は静かだった。

——その年のうちに、先生は施設のある島に行かれました。殴り込みかと全力で……止められず、来るなと言われましたが必死でついて行きましたよ。その時は。

恐らくは青い朝顔がこの家に棲み始めた頃、大吾の長い担当編集者である酒井三明《さかいみつあき》が居酒屋で正祐に教えてくれた話があった。

——手紙を書かれた方のお話を聴きたいとおっしゃって、黙って聴いてらっしゃいました。まだ先生は二十代半ばでしたね。

それ以上でもそれ以下のことでもないと、酒井は言っていた。

——学びも覚悟も足りなかったのかもしれないとだけ、帰りの船でおっしゃって。以来お一人で、全国にまだ数か所残っている施設をたまに訪ねているようです。

足りなかった覚悟を埋めるように、大吾は書斎にあった本を読むのかもしれない。

そうなのかもしれない。そうではないのかもしれない。

五日間可能な限り正祐はこの家にきて、ひたすらにその本を読んでいた。最後の頁までいって、またゴッホの青い庭に戻った。歴史として、知識として知っている出来事が多く綴《つづ》られていた。今自分が生きている時間がその本と地続きで、終わっていないことなのだとは五日間では理解に及べなかった。いや、きっともう十日在っても無理だ。

「今日は随分お疲れですね。早くお休みになった方がいいですよ」

滅多にしないことだが、正祐は大吾のぐい飲みに酒を注いでやった。

「どうした。あんなに怒っていたのに」

まだ一週間ばかりしか経っていない試し同棲のことを大吾が言って、正祐は随分驚いた。

きっと、大吾はまるで違う場所に行ってきた。その足で、正祐の知らない土を踏み締めて日ざしに焼かれてきた。

そのことを考え続けたいだろうに、元の世界にきちんと戻る。

「何をそんなに怒っていたのでしょうね。私の方では忘れていました」

笑おうとしてふと、正祐は「考え続けたいだろうに」と思ったことが自分の想像でしかないと気がついた。

本は、大切なことが多く書かれていたが、正祐にはわからなかった。正祐にはわからないことを、大吾は考え続けている。その方角を見ている。

「忘れてくれるならいいが」

「朝顔の青い花を眺めに、朝早くここにきました。花がきれいで、おかげですっかり忘れました」

そんな大吾の思うことが、自分にわかるはずがない。

「そうか。俺は生活が不規則だから原稿で徹夜明けの朝によく花を見たが、きれいなものだな」

「ええ、二週間もこの部屋に住んでいたのに一度も見なかったのがとても惜しく思えました」

そこはまっすぐ嫌味を込めて、正祐は紫檀の左隣にいる大吾を凜《りん》として見た。

「……そう、だったか?」

「女性にいただいたので隠してらっしゃったのですね」

狼狽《うろた》えた大吾に呆れて、正祐の方でよく切れる小刀のように言葉を放つ。試し同棲の時の憤《いきどお》りは忘れたが、大吾はきちんと新しい事案も置いて行った。

「おまえ……随分情操面が育ったものだな。一人前にそんな推理を」

「慶本《きょうもと》さんでしょう」

送り主の名前を言った正祐に、大吾が目を瞠る。

「そこまで当てるとは。言っておくが、彼女が俺にこうしたものを贈るのは」

「お中元やお歳暮の代わり、季節の挨拶ですね」

大吾が皆まで言い訳をする前に、自分が解釈したことを正祐は教えた。

「わかっていて何故《なぜ》そんな呆れたような物言いをする」

後ろめたいのに不満だという理不尽さを、大吾が見せる。

「女性にいただいたからと言って、花を二か月も、しかも二週間の同居中も隠していたことに呆れているのです」

「だってそれはおまえ」

苦笑して、言い訳は尽きて大吾は観念して頭を掻《か》いた。

「おまえは俺の女絡みの話、拗《こじ》れるだろう。正直どんな反応がくるか想像がつかん」

それで花を隠しておいたのだと、風情《ふぜい》のいい言い方を聴かせる。

「そう言われると確かに……私はあなたの女性問題に過剰に反応してきましたね。いいえ私のせいでしょうか?」

最初は確かに自分が過度だったと正祐も認められるが、後に大吾が正祐の目の前で過去の女性と関わったことを思うと、大吾が怯えるのを自分のせいにだけされては我慢がならない。

「悪かった悪かった。ただただ俺が悪かった」

大吾は言葉通りただ謝った。だがそこに心がないようには正祐にも受け取れない。

何が正祐の心に障《さわ》るのかわからずに、それでとにかく謝っている。そういう風に大吾の言葉は聴こえた。

本当に大吾には、わからないのだ。その時の正祐の心の中が。

「……いえ、私も申し訳なかったです」

自分にさえよくわかっていなかったのにそれは当たり前だと、正祐は殊勝な気持ちになった。

理不尽を多く晒《さら》してきた理由は、時を積み重ねた今ならきっと明文化できる。

「私は自分に経験がないことをあなたが多く経験していることが、怖かったんです」

そういうことだったのだろうと、声にできた。そしてふと、正祐にはそのことが、もう以前のようには怖くないように思えた。

「そんなようなことは、言っていたな。おまえ」

「わからないことはただ恐ろしいことですし」

「それは俺も同じだ」

変わらないと、大吾が笑う。

「そうですが……わからない何もかもが怖いわけでは、なくなったようです。私は」

「何故だ」

いつの間に、どんな変化があったと不思議そうに大吾は訊いた。

「あなたもできればこれからは、女性のことを隠さないでください。ましてやあんなきれいな朝顔を」

「少しは怒ったんじゃないのか？」

さっき朝顔の送り主を言い当てた正祐の様子を覚えていて、大吾はまだ用心深い。

「今まで私が、あなたの女性のことで怒ったり泣いたりしたのは」

案ずるのも無理はなくて、大吾と女性のことについて正祐は子どもじみた態度を何度も取った自覚はあった。

感情を抑えられず、拗ねたり、泣いたり喚《わめ》いたり。

子どもじみた、理不尽なというなら、試し同棲の終わりにもここで本で結界を作って小説を脱稿したばかりの大吾に泣き喚いた。

あの時は本当に、自分で自分が嫌だった。ああいう時正祐に制御できず湧く思いは、いつも似ている。

「あなたが私をわかっていない、わかろうとしないと思っていたからだと思います」

「そんなことは」

「当たり前のことだと、知りました」

静かに言った正祐の言葉になんの棘《とげ》もないとは大吾も知るが、言葉の意味はわからないようだった。

「あなたにも私にも、お互いにわからないことがあるのは、当たり前で」

穏やかというよりは何か力ない大吾が、何処の土を踏み締めて日ざしを浴びて何を思ってきたのか誰と語らってきたのか、正祐には少しもわからない。

「わからなくても、こうして一緒にいるようです」

この五日間二階にある本を何度も読んだけれど、大吾の気持ちは想像できなかった。

大吾がわかってくれないと嘆く時に、自分は己《おのれ》をわかってほしかったのだと正祐は改めて今食《は》み返していた。

けれど自分にもこうして大吾がわからない。なのにわからないことは怖くない。

わからないこの男が、正祐は好きだ。

なら大吾が自分をわからないのも、同じに考えられるかもしれない。

――わかる日は来ないとも、おっしゃってました。

出かけて行き話を聴く時間のことを、酒井はそんな風に大吾が言ったと教えてくれたのを正祐は思い出した。

「それにしても急に、お出かけになりましたね。もともとのご予定でしたか?」

試し同棲を終えて僅か一日程で出かけたことを、ただ不思議に正祐が尋ねる。

「いや。おまえといたんで」

言いかけて、大吾は言葉を完全に止めた。二週間一緒に情人と暮らして、それで。

大吾が語らないその先は、正祐も聴けなかった。

言いかけた言葉を切ったまま、見慣れない日焼けをした男の顔が、足で踏み締めてきた土地に還っていった。

五日間そこにいたのだろうか。その土地の景色、匂い、日ざし、人を思い返して大吾はそこにいる。

いま、自分の男は自分を忘れている。

何故だか正祐は、それを悲しいとも寂しいとも思わなかった。

何もわからず、五日間正祐はこの家で朝の青い朝顔を眺めて、自分の外に在った本を静かに読んでいた。

同僚が教えてくれた通り、確かに初めて本が自分の外に在った。読んでいるのに、自分とは別に在った。けれどとても大切な本だとはわかった。

わからなくても大切なことがあると知った。それは正祐には大きなことだ。

離れていた五日間は大吾の時間であり、正祐が花を見ていた時間は正祐の時だ。

大吾が心を置いたままに居る土地と人の話を、いつかは聴きたいようにも思う。まだ聴く準備が、正祐にはない。

そうした正祐の思いとは無関係に、大吾は生涯その話を自分にしないのかもしれない。だとしてもそれもまた、それぞれの時だ。

「あなたは」

寂しさでも怖さでもない、けれどどうしようもない痛みに似た愛おしさが胸を覆って、無意識に正祐は大吾に呼び掛けた。

遠くでどんな花を見ましたか。

尋ねようとして、それも問わない。

美しい花を見たのかもしれないが、語られないのならそれは大吾だけの花だ。大吾だけの思いを、正祐は尊重して守る。

「どうした」

正祐が好きな言葉を、無自覚に大吾がくれた。

いいえと、笑って正祐は首を振った。

不思議だった。悲しくない。別々の時間、別々の花、共有されることのない、自分の男の持った思いと時間。

「何かあったか？　留守中」

いつもと、以前と情人が違うとはっきり大吾の方でもわかっているようだったが、心配はされなかった。

声にしなくても落ち着いていることは伝わるのだと、正祐も知る。

「いくつかの朝顔が咲くのを見ていました」

「そうか」

「本を、読んで。まだ八月のような残暑の中にいましたよ」

八月と言葉にして、男と抱き合って丸三年が経ったとふと正祐は気づいた。

三年前は、身の内にまで入った男のことが何もわからなくて、わかりたくて、わかってほしくて、思えば闇夜に駆けている幼子のようだった。

「それから……信じるということを、覚えました」

いつの間にか正祐は、闇夜を駆けていない自分を知った。

この五日間にでも、一緒に棲んだ二週間にでもない。

朝の方角に向く花のような目の前の人を、時間をかけて見つめてきた。美しい日も、しぼむ日も、陽ざしに向かう日も。夜には見えなくても朝には咲く花があることを、闇夜の中からゆっくりと正祐は知った。

「今」

大吾の指が、正祐の頬に伸びた。

あたたかな指が、正祐に触れた。けれど大吾も正祐も、互いの肌が触れ合っていることに気づかないでいた。

「同じことを思っていた」

どのことなのか、正祐は疑わない。

「俺が見なかった朝顔は、おまえにきっと美しかったのだろうけれど。そばにいなかったおまえの時が見えなくても俺は」

息を吐くように信じていると言おうとした大吾の胸に、不意に、衝動で正祐はしがみついた。

「……正祐？」

「肌が離れていたことが、急に恋しくなりました」

今、違う人間である大吾の指と正祐の頬は触れていたのに、そのことに気づかないまま正祐が切ない声を上げる。

寂しくも悲しくもないと思ったそばから、恋しさだけは悲鳴となった。

「俺もだよ」

ゆっくりと大吾が、正祐の体を両手で抱く。

「あなたを、待っていたんです」

今の今まで考えもしなかったのに、声に出したらそれもまた自分の本心だと正祐に知れた。

自分一人の心さえ、こうしていくつも在る。

自分の男を、正祐は見つめた。

知らないことをわからないことを、勝手に想像したりしない。けれど男の心を知ろうとはする。

自分の知らないものに、男は触れてきた。触れている。

きっと今までにも、たくさんそんな時間はあった。まるで気づかずにそばにいた。

「なんだよ。随分可愛いことを言うな」

気づかず、知らなかった時と今は違う。

「待っていたんです」

こんなにも近しく愛おしい人の、知らないわからない場所があることを、正祐は知った。

両手で正祐は、大吾の背を抱いた。

こうして男を抱きしめたくて、静かに正祐は待っていた。闇夜を駆けていた三年前には、想像もしなかった信頼を情愛を持って。

「俺も、おまえに会いたかったようだ」

やはり今気づいたと、大吾は言った。

「離れて一人でいるときには、こんなにもおまえに触れたいとわからなかった」

同じ言葉だと、確かに信じられる。

今は同じ思いだと信じて、正祐は目を閉じた。

重なる肌の向こうで、紺碧《こんぺき》の朝顔は夜明けを持っている。朝に咲く花を、明日初めて二人で見るだろう。

ゆっくりと触れていく大吾が、どんなに自分が幼い時にでも必ず自分を一人の人として扱ってきたことを、一つ一つ正祐は思い返していた。

それも、本当は意味がわかっていなかった。男は決して、一人の人を所有しない。今正祐は、大吾の誠実を初めてちゃんと知ったのだ。

「私は」

畳に背が馴染《なじ》んで、大吾の髪を正祐は抱いた。

あなたの愛に、あなたに似合う者になれるでしょうか。

言いかけた言葉は、望むようには伝わらない気がして呑み込んだ。胸に溢れるような男への思いに、けれどきっと肌に触れていく彼もまたこんなにも自分を思ってくれていると信じられる。

「どうした?」

その言葉が好きだと正祐が言ったことを、大吾はもう忘れているのかもしれない。もともと大吾がその言葉をくれるから、愛した男にそう尋ねられることが嬉しいと正祐は知ったのだ。

「明日、一緒に朝顔を見たいです」

願いを告げた唇に、頷いて大吾が唇を合わせた。

明日の紺碧は、今朝までとは違う青に正祐には映る気がした。

互いを別の人だと知りながら心と体を交わした朝には、今まで知らなかった自分と自分の男が、花の前に立っているだろう。

知らなかった人は、この夜よりもっと愛おしいと疑わない。

青い朝顔がきれいだと、同じ言葉をほんの少し紡《つむ》いで。

朝にはそれで、充分に足りる。

あとがき
AFTERWORD

―菅野　彰―


　暑い盛りかと思います。体調いかがですか？　少しお久しぶりになってしまいました。

　ちょうど今時分の物語三本です。七月から九月にかけて。だいたい喧嘩《けんか》をしている大吾《だいご》と正《まさ》祐《すけ》ですが、「朝顔」を書いたら不意に「おしまい」みたいになって私自身びっくりしました。

　登場人物は時間を進めて重ねていくと、勝手に成長するのですな。シリーズものならではの、作者もびっくりの「朝顔」での正祐でした。

「別れ話」はなんだかとても好きです。なんとなく目に浮かぶのは昭和の居酒屋の景色です。正祐は馬鹿みたいですが、私は本を読むだけでなく何か物語に耽溺《たんでき》する中であういう感情は結構あるかななんて思います。正祐ほどではないけれど！

　担当さんって凄いな心頭滅却《しんとうめっきゃく》してるな……と思い、酒井《さかい》さんが登場するわけです。冒頭からですが、長年の担当の石川さん、いつも心頭滅却ありがとうございます！

「同棲」辺りで、私に何かしらの反省が訪れました。

　そんなこと特に知りたくない情報かもしれませんが、作者の私は未婚です。なのに「多情」辺りから大吾のキャラクター性によって、

「こんな男のリアルはうちの亭主だけで結構」

みたいな話になっとんで……という反省が私を襲ったのでした。

なので反動で「小説ディアプラス」本誌に、「ドリアン・グレイの禁じられた遊び」というロマンスの塊《かたまり》みたいな物語を書いております。校正者シリーズのスピンオフで、一冊目の「ドリアン・グレイの激しすぎる憂鬱《ゆううつ》」が既に文庫で出ています。大吾も正祐も、なんなら百田《ももた》さんも篠田《しのだ》さんも登場するスピンオフが本篇より相当平和なラブストーリーになっております。楽しいよ！

このスピンオフが顕著《けんちょ》ですが、麻々原絵里依《ままはらえりい》先生の美しい挿画《そうが》があって成立している部分がとても大きいです。今回のカバー、大好きな朝顔。本になるのを今から心待ちにしています。いつも美しい挿画を、本当にありがとうございます。お食事もめちゃくちゃおいしそうです。

ところでこのシリーズは、カレンダーを見ながら時を刻んで書いております。私が数字に強くないもので齟齬《そご》もあるかもしれませんが、この巻は２０１８年の夏。「ドリアン・グレイの禁じられた遊び」では、２０１９年に突入しています。

昨年は、２０２０年に話が入る前に終わらせようと思いました。だけどまだ終わりが見えない日々ですが、登場人物たちがどうやって２０２０年を過ごすのかを書きたいような気持ちにもなっています。彼らは私と、読んでくださっている方と、同じ世界線を生きてるように私は思うのです。そのためには、「禍」がまず終わっていてくれないとです。晴れますように！

２０２０年の彼らを書きたい理由がもう一つあって、、昨年登場した会津《あいづ》のおいしい日本酒がいくつもあるのです。それはもう鳥八《とりはち》で呑ませたいです。「会津士魂《あいづしこん》」、大吾が呑みそう。そして時々出てくる「萬代芳《ばんだいほう》」に初めての純米大吟醸《だいぎんじょう》が登場したりと、鳥八のカウンターを食事とともに彩《いろど》りたい昨年でした。鳥八をどうするのかを描かないといけないから、そこは辛《つら》いか。

物語年表がどこまでいくかは不明ですが、もう少し育てたい人々です。書けますように。

こちらは「ドリアン・グレイ」の方に出てくるエピソードなのですが、彼らはオペラシティに行ったりしています。「純潔」でちらっと出てきた篠田さんの趣味は一度もなんなのか書いていないですが、「ドリアン・グレイ」の方で少しだけ触っているつもり。どっかで書けるといいな。

今回は、いつもより文学少な目となりました。意外と初心に戻って正祐の校正に重きを置いた一冊になったような。

文庫になって久しぶりに読み返して、いつも自分に感心する部分があります。

「よくこの正祐に突かせる重箱の隅を考えつくよね私……」

感心する。文庫の頃には雑誌から相当時間が経っているので、

「どうやってこれ考えたんだろう?」

と、新鮮に楽しく読んだりしています。時代小説への興味かな。私の。

結婚小説に触れまくったりしています。三浦哲郎《みうらてつお》の「初夜」は本当に本当に読んでほしい。「初夜」が入っている、「忍ぶ川」は最も好きな小説です。三浦哲郎先生の手書きの原稿

を、青森近代文学館で見た。二人にも見せたい。みなさんにもお見せしたいです。見てほしい。

「別れ話」と「朝顔」の中で触れている大吾が考え続けていることは、実際のことです。「生きがいについて」神谷美恵子《かみやえみこ》著は、発刊当時はたくさんの方が読んだそうです。島も実在しますが、ここでは詳しくは触れないでおきます。

「朝顔」を書いている時に、島について調べ直しました。今は小学生の見学を受け入れたりして、施設にいる方々と交流したりするという記事に行き当たりました。そこに、

「子どもたちに詳しい話はしません。心にかかって、いつか知ろうとしてくれたらそれでいい」

そんな言葉が書かれていて、ああ、私もそうして「心にかかって考え続けた」子どもの一人だったと思い出しました。そこは大吾と同じく、まだ考えている途中です。

本は、そうしていつも私を何処《どこ》かへ連れて行ってくれます。

この本が読んでくださった方を、少しでも楽しい場所に連れて行けたらすっごく嬉しいな。

本を読んだり、朝顔を眺めたりしながら、必ず次の本でお会いしましょう。

それまでなるべく健《すこ》やかに、穏やかにいてください。

それではまた。

入谷朝顔まつり朝顔を買いました／菅野彰

今回特に
美味しそうだった
セツ
・スルメイカのルイベ
・みょうがと茄子の
浅漬け
でも、食べられたのは
東堂先生の朝カレーだけ
でした

この本を読んでのご意見、ご感想などをお寄せください。
菅野 彰先生・麻々原絵里依先生へのはげましのおたよりもお待ちしております。

〒113-0024　東京都文京区西片2-19-18　新書館
[編集部へのご意見・ご感想] ディアプラス編集部「色悪作家と校正者の別れ話」係
[先生方へのおたより] ディアプラス編集部気付　○○先生

- 初出 -
色悪作家と校正者の別れ話：小説ディアプラス19年ナツ号（Vol.74）
色悪作家と校正者の同棲：小説ディアプラス20年ハル号（Vol.77）
色悪作家と校正者の朝顔：書き下ろし

[いろあくさっかとこうせいしゃのわかればなし]
色悪作家と校正者の別れ話

著者：**菅野 彰** すがの・あきら

初版発行：2021 年 8 月 25 日

発行所：株式会社 新書館
[編集] 〒113-0024
東京都文京区西片2-19-18　電話（03）3811-2631
[営業] 〒174-0043
東京都板橋区坂下1-22-14　電話（03）5970-3840
[URL] https://www.shinshokan.co.jp/

印刷・製本：株式会社光邦

ISBN978-4-403-52535-3 ©Akira SUGANO 2021 Printed in Japan